QUI A TUÉ L'ASTROLOGUE ?

DANS LA MÊME COLLECTION :

Nº 1 – HIGGINS MÈNE L'ENQUÊTE
Nº 2 – MEURTRE AU BRITISH MUSEUM
Nº 3 – LE SECRET DES MAC GORDON
Nº 4 – CRIME À LINDENBOURNE
Nº 5 – L'ASSASSIN DE LA TOUR DE LONDRES
Nº 6 – LES TROIS CRIMES DE NOËL
Nº 7 – MEURTRE À CAMBRIDGE
Nº 8 – MEURTRE CHEZ LES DRUIDES
Nº 9 – MEURTRE À QUATRE MAINS
Nº 10 – LE MYSTÈRE DE KENSINGTON
Nº 11 – QUI A TUÉ SIR CHARLES ?
Nº 12 – MEURTRES AU TOUQUET
Nº 13 – LE RETOUR DE JACK L'ÉVENTREUR
Nº 14 – MEURTRE CHEZ UN ÉDITEUR
Nº 15 – MEURTRE DANS LE VIEUX NICE
Nº 16 – QUATRE FEMMES POUR UN MEURTRE
Nº 17 – LE SECRET DE LA CHAMBRE NOIRE
Nº 18 – MEURTRE SUR INVITATION
Nº 19 – NOCES MORTELLES À AIX-EN-PROVENCE
Nº 20 – LES DISPARUS DU LOCH NESS
Nº 21 – L'ASSASSINAT DU ROI ARTHUR
Nº 22 – L'HORLOGER DE BUCKINGHAM

AUX ÉDITIONS DU ROCHER :

MEURTRE AU BRITISH MUSEUM
LE SECRET DES MAC GORDON
CRIME À LINDENBOURNE
L'ASSASSIN DE LA TOUR DE LONDRES
LES TROIS CRIMES DE NOËL
MEURTRE À CAMBRIDGE
MEURTRE CHEZ LES DRUIDES
MEURTRE À QUATRE MAINS
LE MYSTÈRE DE KENSINGTON
QUI A TUÉ SIR CHARLES ?
MEURTRES AU TOUQUET
LE RETOUR DE JACK L'ÉVENTREUR
MEURTRE CHEZ UN ÉDITEUR
MEURTRE DANS LE VIEUX NICE
QUATRE FEMMES POUR UN MEURTRE
LE SECRET DE LA CHAMBRE NOIRE
MEURTRE SUR INVITATION
NOCES MORTELLES À AIX-EN-PROVENCE
LES DISPARUS DU LOCH NESS
L'ASSASSINAT DU ROI ARTHUR
L'HORLOGER DE BUCKINGHAM
QUI A TUÉ L'ASTROLOGUE ?
LA JEUNE FILLE ET LA MORT
LA MALÉDICTION DU TEMPLIER

J.B. LIVINGSTONE

QUI A TUÉ L'ASTROLOGUE ?

EDITIONS GERARD DE VILLIERS

ISBN 2-7386-5641-2

Quant aux criminels, aux menteurs et aux parjures, ne te soucie pas de leur sort : les astres se chargeront d'eux.

Sagesse égyptienne

CHAPITRE PREMIER

Mai, dans la mémoire des Anglais, demeurait le plus élégant et le plus raffiné des mois. Le 24, on célébrait le jour de la naissance de la reine Victoria ; le derby d'Epsom avait lieu pendant cette période qui, naguère, voyait l'arrivée des aristocrates en ville. Venant de leurs domaines, ils amenaient les jeunes filles, parées de toilettes somptueuses, afin de préparer un mariage magnifique ; lorsque prenaient fin bals et réceptions, de nombreuses fiançailles étaient annoncées.

Âgé de soixante-quinze ans, Junctin Ampton songeait souvent à cette époque révolue dont il avait connu les derniers feux. Grand, mince, très digne, le visage long et fin orné d'une abondante barbe blanche entretenue avec soin, Ampton était considéré comme l'un des meilleurs astrologues du monde.

Combien de thèmes astrologiques ses mains, d'une taille impressionnante, avaient-elles dressés ? Des dizaines de milliers, sans doute ; initié très jeune à cette discipline complexe où art et science étaient indissociables, Junctin Ampton n'avait cessé d'étudier le monde des hommes en fonction du ciel. Signes du zodiaque, planètes, maisons astrologiques, aspects et transits planétaires nourrissaient son quotidien et formaient son langage habituel, quelque peu déroutant pour le profane.

Toujours vêtu d'un costume beige clair de style indien, élégant sans affectation, à l'aise dans tous les milieux, Ampton avait eu comme clients des chefs d'État, des milliardaires, des aristocrates de haute lignée, des vedettes du spectacle, des banquiers et tant d'autres personnalités avides de se connaître et de connaître leur destin. Il avait convaincu de nombreux sceptiques et impressionné les rationalistes les plus sectaires sans en tirer vanité.

L'astrologue aimait marcher tôt le matin et tard le soir dans les rues du quartier de Mayfair où était sis son hôtel particulier, une bâtisse à deux étages de style victorien remplie d'ouvrages consacrés à l'astrologie ; il ne dérogeait jamais à ses habitudes, qu'il pleuve ou qu'il vente. S'oxygéner le cerveau était une opération vitale après plusieurs heures de recherche sur des cartes du ciel qui ne livraient pas facilement leur secret.

Ampton aurait pu être très riche, car les membres de sa clientèle ne rechignaient pas à lui verser des honoraires considérables ; mais il passait parfois deux ou trois mois sur un thème afin d'en comprendre les différents aspects, sans établir ses tarifs en fonction du temps investi et du travail effectué. Satisfait de jouir d'une aisance appréciable, l'astrologue n'avait d'autre passion que sa pratique qu'il avait portée au plus haut niveau. Il parvenait même à tracer des destinées à partir de données incomplètes, à reconstituer le passé comme à prédire l'avenir, savait décrypter le caractère le plus mystérieux. Aucune barrière psychologique ne lui résistait : aucun individu, si fermé fût-il, ne parvenait à se terrer derrière ses artifices.

Né à Bombay, d'une mère indienne et d'un père anglais, Junctin Ampton avait vécu en France, en Italie et au Brésil avant d'élire domicile à Londres pour y finir son existence. Sans se mêler à la bonne société britannique, il avait obtenu ses faveurs et son respect.

Depuis un an, des centaines de demandes affluaient ; avec gentillesse mais fermeté, Ampton refusait de monter les thèmes et de s'en occuper, prétextant qu'il était à la retraite, et remplissait ses loisirs en déchiffrant de vieux grimoires pour compléter son savoir.

En vérité, l'astrologue se concentrait sur quelques cas particuliers ; l'un d'eux, notamment, requérait toute son attention.

Vers dix heures du soir, Junctin Ampton rentra chez lui ; son valet de chambre bénéficiait de son jour de congé et il devait se débrouiller seul pour mettre la table et déguster un dîner froid. Trop préoccupé, l'astrologue se contenta d'un thé au jasmin qu'il préparait à la perfection. Le doux breuvage lui permettrait de réfléchir la nuit durant et d'explorer l'incroyable hypothèse qui prenait corps.

Le bureau de l'astrologue était l'antichambre du cosmos. Sur le plafond en forme de dôme étaient peintes les constellations ; il lui suffisait de lever la tête et de mettre en marche un mécanisme d'horlogerie pour faire circuler les planètes et procéder aux calculs les plus fins. Une bonne dizaine de planisphères de très grande taille l'aidaient à localiser n'importe quel lieu de naissance sur la surface du globe ; des éphémérides, disposées sur une bibliothèque en acajou, lui donnaient la position des planètes depuis l'Antiquité jusqu'à l'an 2500. Quant aux « tables des maisons astrologiques », il en possédait une bonne cinquantaine et jouait de tous les systèmes connus afin d'en tirer l'essentiel. De l'héliocentrisme au géocentrisme, aucune lecture du ciel ne lui était inconnue.

En cette nuit de printemps, Junctin Ampton regrettait presque d'avoir acquis une science aussi pointue ; ce qu'il lisait dans les étoiles l'épouvantait. Sceptique sur sa propre découverte, l'astrologue avait décidé de procéder à une ultime vérification. Pour la dixième fois, il examina les documents, refit ses calculs, mit en doute ses interprétations. Mais nul ne pouvait déplacer les astres et modifier leur cours selon son bon plaisir.

Aucun doute possible.

Junctin Ampton, pour la première fois de sa vie, fut mort de peur. Ses grandes mains tremblaient, incapables de tenir un stylo. À présent, il savait qui et quand, et devinait où et comment. Il ne devait donc plus tarder à parler et à dire ce qu'il prévoyait afin d'éviter le plus atroce des drames.

Une inquiétude le saisit... Et si l'on s'en prenait à lui avant qu'il eût la possibilité d'intervenir ? Un être décidé à ce point et doté de telles capacités ne reculerait devant rien. Il prit aussitôt quelques précautions indispensables ; s'il lui arrivait malheur, tout ne serait pas perdu. Pourquoi ne pas rédiger un texte accusateur et précis, ou, mieux encore, appeler Scotland Yard ? On lui rirait au nez, bien sûr ! Un astrologue annonçant un crime... Il entendait déjà la réponse : « Quand il aura été commis, nous nous en occuperons. »

L'astrologue s'assit à sa table de travail, un zodiaque sous les yeux.

Ce zodiaque qui contenait le secret de la vie et de la mort.

Le contempler lui redonna un peu de sérénité ; il prit alors la seule décision qui s'imposait : convaincre l'assassin de renoncer à son effroyable projet. Il le connaissait mieux que quiconque et saurait utiliser les arguments justes. Toute autre démarche serait vouée à l'échec. Certes, la partie ne serait pas facile ; il lui faudrait batailler ferme, menacer si nécessaire ; mais il devait réussir à tout prix. Au zodiaque de lui indiquer le chemin à suivre.

Plongé dans sa méditation, Junctin Ampton n'entendit pas s'ouvrir la porte de son bureau.

Il n'entendit pas non plus le pas léger de l'assassin.

Quand la corde lui serra le cou, il eut la preuve qu'il ne s'était pas trompé en identifiant l'assassin ; mais il avait commis une lourde erreur en croyant le dissuader. Incapable de résister, il traça un trait sur la carte du ciel et s'effondra.

CHAPITRE II

De la fenêtre de son bureau, l'ex-inspecteur-chef Higgins observait un pic-épeiche qui venait de cueillir une noisette et tentait de la casser avec son bec, en calant la coque contre un arbre. Comme l'oiseau était jeune et la noisette robuste, il ne parvenait pas à ses fins ; après avoir pris un temps de réflexion et de repos, il vola jusqu'au puits en pierre et décela une anfractuosité où il inséra le fruit convoité. Il dut arrondir un peu la cavité de sorte que son butin ne s'échappât pas. Doté d'une intelligence exceptionnelle, capable de s'adapter et de modeler un matériau, le pic-épeiche brisa la coque d'un coup de bec précis et dégusta un mets savoureux. Puis il revint se poser sur le rebord de pierre où Higgins avait déposé une seconde noisette, provenant de sa réserve de l'année passée. Certes, la famille d'écureuils qui logeait dans le bois voisin prélevait la plus grande partie de la récolte ; mais il en restait assez pour Higgins et son chat siamois Trafalgar. Quant à Mary, la robuste gouvernante de soixante-quinze ans, elle n'appréciait pas les fruits secs.

Chaque matin, l'ex-inspecteur-chef Higgins remerciait le ciel de lui avoir donné la possibilité de goûter la paix de son domaine familial, sis à The Slaughterers, un petit village calme et charmant du Gloucestershire où la campagne la plus traditionnelle résistait encore au progrès et au modernisme.

Plutôt trapu, de taille moyenne, les cheveux noirs, la lèvre supérieure ornée d'une moustache poivre et sel taillée et lissée à la perfection, les tempes grisonnantes, l'œil vif, parfois malicieux, Higgins avait une allure débonnaire. Considéré comme le meilleur « nez » du Yard, en dépit de ses méthodes passéistes, il attirait naturellement la confiance et aurait pu devenir un excellent confesseur s'il n'avait choisi de lutter contre le crime. Né sous le signe du chat, selon l'astrologie orientale, il ne perdait jamais son calme et gardait sa ligne de conduite où des valeurs désuètes et périmées, telles l'amitié, la rectitude ou la loyauté, occupaient le premier rang.

C'est à cause d'elles qu'il avait refusé un compromis, quelques années auparavant, face au *Commissionner Chief Constable*, le grand patron de Scotland Yard, et choisi de prendre une retraite anticipée, loin du bruit et de l'agitation de Londres. Bien qu'il fût promis aux plus hautes destinées administratives, Higgins n'avait pas transigé, préférant tondre sa pelouse, entretenir sa roseraie, relire les bons auteurs, se promener en forêt, et discuter avec Trafalgar au coin du feu, après lui avoir préparé un repas de gourmet.

L'ex-inspecteur-chef aimait sa vieille demeure au toit d'ardoise, aux murs de pierre blanche et au porche soutenu par deux colonnes ; des fenêtres XVIIIe à petits carreaux rythmaient deux étages disposés selon le Nombre d'Or et les hautes cheminées de pierre se dressaient, immuables, vers les nuages chargés de pluie.

Higgins aimait le froid, le vent, les brumes et les ondées fréquentes indispensables à la bonne tenue du gazon ; était-il plus grand plaisir que d'admirer un rideau de perles d'eau décorer les chênes centenaires ? Quand il franchissait le minuscule pont de bois enjambant la petite rivière Eye, l'ex-inspecteur-chef éprouvait à chaque fois le même plaisir ; en revenant de sa promenade quotidienne, il allumait le feu dans la grande cheminée du salon, ôtait son trench-coat aux boutons de bois et s'installait confortablement dans un fauteuil de famille qui gémissait avec discrétion.

Le bureau du premier étage était un domaine strictement interdit à quiconque ; Mary n'avait pas le droit d'y pénétrer pour y passer plumeau et balai que Higgins maniait lui-même dans ce sanctuaire où étaient cachés les carnets noirs, couverts d'une écriture fine et rapide narrant les épisodes de nombreuses enquêtes criminelles. Combien de mystères, à jamais inconnus du grand public, y resteraient celés ?

On frappa à la porte.

— Qui est là ?

— Mary.

— Je suis occupé.

— Le téléphone, pour vous.

Higgins était obligé de se rendre sur le territoire de Mary, une cuisine de plus en plus moderne où elle avait installé deux instruments barbares, la télévision et le téléphone. Après avoir traversé deux guerres mondiales et un nombre incalculable de crises économiques et sociales, la gouvernante croyait encore au progrès, mais considérait que le Yard n'était qu'un repère de brigands et de malfaiteurs.

— Tâchez de ne pas vous éterniser, recommanda Mary ; j'ai le déjeuner à préparer.

L'ex-inspecteur-chef saisit le combiné.

— Scott Marlow à l'appareil ; pardonnez-moi de vous importuner, mais...

— Un ennui.

— Un très gros ennui.

— À ce point ?

— Pourrais-je venir vous voir ?

— Si une tourte aux poireaux et un bœuf mode ne vous effraient pas, je vous invite à déjeuner.

Les mains sur les hanches, Mary roulait des yeux noirs.

— Un couvert de plus, si je comprends bien !

— Marlow a beaucoup d'admiration pour vous et votre art culinaire.

— N'essayez pas de me flatter et occupez-vous du vin, je ne vais quand même pas tout faire, dans cette maison !

***

Le superintendant Marlow n'avait pas la taille mannequin et n'aurait eu aucune chance lors d'un concours d'élégance ; vêtu d'un costume banal, grisâtre et mal ajusté, il présentait un embonpoint certain. Higgins appréciait sa conscience professionnelle et son honnêteté foncière, qualités qui seraient bientôt considérées comme des perles rares.

Marlow semblait gêné en entrant dans la salle à manger.

— Votre invitation me touche beaucoup, Higgins.

— Cette saison est merveilleuse, ne trouvez-vous pas ? Oubliez un peu les rigueurs de la ville, superintendant.

Dans le bar aménagé au cœur de la souche d'un vieux chêne, Higgins puisa une bouteille de Dom Pérignon, rafraîchie à la perfection.

— Goûtez ce chef-d'œuvre, recommanda Higgins en versant le liquide doré dans des flûtes en cristal.

— Votre accueil est merveilleux, mais...

— Mais vous ne parvenez pas à chasser les soucis.

— Je ne sais pas comment aborder le sujet.

— Merci de votre franchise ; un meurtre, je suppose ?

— Oui, mais si bizarre...

— Un personnage excentrique ?

— Vous pouvez le dire : un astrologue.

— Pourquoi êtes-vous chargé de l'affaire ?

— Parce qu'il était aussi une notabilité.

— Clientèle aisée qui aime la discrétion et redoute le scandale.

— Précisément... Si je pouvais bénéficier de vos conseils, j'éviterais un dramatique faux pas. L'astrologie n'est pas mon fort ; vous, en Orient, avez été initié à cette science occulte. Elle n'a plus de secrets pour vous.

— C'est beaucoup dire.

Mary avait dressé une table parfaite, sans oublier le chemin de fleurs coupées. Les assiettes, en porcelaine de Sèvres, rivalisaient de beauté avec des verres en cristal de Baccarat.

— La retraite est un art difficile, superintendant ; ma mémoire et mes forces faiblissent, et je dois veiller sur ce vieux domaine aux multiples exigences.

— D'après des rumeurs, indiqua Marlow, des personnalités proches de Buckingham auraient rencontré cet astrologue. Le grand patron m'a demandé d'identifier l'assassin au plus vite.

— Toujours ces exigences démesurées... Asseyez-vous et goûtez ce pâté aux herbes.

Le superintendant se sentait déprimé ; en venant à The Slaughterers, il n'avait guère d'espoir. Devant l'excellence des mets, il se résigna ; autant apprécier un somptueux repas avant de repartir vers la capitale.

— Comment s'appelait votre astrologue ?

— Junctin Ampton, répondit Marlow.

Higgins hésita quelques instants avant de poser sa flûte ; Trafalgar vint se frotter contre son mollet. Il s'étonna de l'immobilité de l'ex-inspecteur-chef et de son manque d'empressement à lui faire partager son repas. Les yeux du félin et ceux du superintendant fixèrent Higgins.

— Junctin Ampton... répéta-t-il avec gravité ; à la fin de ce déjeuner, nous commençons l'enquête.

CHAPITRE III

Le quartier de Mayfair, limité par Piccadilly, Park Lane, Oxford Street et Regent Street, demeurait le plus chic de la capitale. Un peu froid, souvent austère, volontiers mondain et snob, il ne se souvenait guère de la foire de mai qui lui avait donné son nom avant de disparaître sous le règne de George III. Qui n'appréciait les élégants squares de Grosvenor, de Berkeley et de Hanover ? Dans les rues de Mayfair, bordées de résidences somptueuses, les Rolls ne manquaient pas ; la vieille Bentley de Marlow, achetée à un revendeur douteux, fit bonne figure.

Le superintendant, trop heureux d'obtenir le concours de Higgins, n'avait pas osé lui poser de questions. L'ex-inspecteur-chef lui avait demandé de se rendre au plus vite sur le lieu du crime.

Une bonne dizaine de *bobbies*, qui devaient leur sobriquet au prénom du fondateur de Scotland Yard, sir Robert Peel, montaient la garde devant le domicile de la victime. Higgins hésita avant de descendre de voiture.

— Junctin Ampton, dit-il, recueilli : comme c'est étrange.

Marlow, téméraire, ne contint plus sa curiosité.

— Connaissiez-vous cet homme ?

— L'astrologie est un milieu peuplé de charlatans, mais Ampton n'était pas de cette race-là. Je l'ai rencontré en Orient ; il m'a prédit mon destin avec une exactitude extraordinaire, comme s'il était inscrit dans les étoiles. Bien sûr, expliquait-il, les astres inclinent mais ne déterminent pas ; lui, cependant, possédait la capacité de déchiffrer leur langage. J'ignorais qu'il fût installé à Londres.

— D'après les premières investigations, indiqua le superintendant, il se montrait fort discret ; faire partie de sa clientèle relevait de l'exploit. Après une carrière errante, il avait décidé, semble-t-il, de prendre sa retraite ici. Il nous faudra vérifier tout cela.

— Soyons très précis et très rigoureux, mon cher Marlow.

La voix de Higgins était presque angoissée.

— Vous semblez inquiet, remarqua le superintendant.

— Ce crime est d'une exceptionnelle gravité.

— Que voulez-vous dire ?

— Il nous faut découvrir au plus vite le mobile.

— Que craignez-vous ?

— Je l'ignore... mais on ne tue pas un homme comme celui-là au hasard.

— Un client mécontent, peut-être ?

— Ampton ne s'est jamais trompé.

— J'ai confié l'examen du corps à Babkocks.

— Excellente initiative ; avez-vous procédé à un examen attentif des lieux ?

— Pas encore ; je vous attendais. Babkocks s'est contenté d'une première étude du cadavre sur place, avant de le faire transporter à la morgue.

— Conclusion ?

— Étranglement.

— Vos hommes n'ont touché à rien ?

— À rien ; j'ai fait poser des scellés sur la porte du bureau où l'astrologue a été assassiné.

— Comment le crime a-t-il été découvert ?

— Après son jour de congé, dimanche, le domestique de Junctin Ampton s'est étonné de trouver ouverte la porte d'entrée de l'hôtel particulier. Paniqué, songeant à un cambriolage, il a aussitôt téléphoné au Yard. Ce sont deux policiers qui ont trouvé le corps. Inutile de soupçonner le domestique ; c'est un vieux serviteur de familles nobles, tout à fait inoffensif.

— Je veux le voir.

— Immédiatement ?

— Immédiatement.

Higgins était concentré comme un pianiste qui, avant un concert, se laisse pénétrer par l'œuvre à transmettre au public, afin que ses doigts deviennent musique. D'ores et déjà, il ne voulait plus rien voir d'autre que l'enquête et les fils plus ou moins ténus la rattachant au mobile et à l'assassin.

L'ex-inspecteur-chef interrogea le domestique sur le trottoir, devant l'hôtel particulier ; l'entretien dura une demi-heure. L'homme repartit, libre.

— Vous aviez raison, superintendant ; ce brave serviteur n'est pas suspect.

— Que vous a-t-il appris ?

— Rien d'important, je le crains ; Junctin Ampton était bien à la retraite et recevait fort peu. Son domestique avait un jour de congé par semaine ; il pouvait varier.

— A-t-on le nom de ses visiteurs ?

— Ils ne le donnaient pas et l'astrologue était un homme secret, métier oblige ; un point intéressant : il passait le plus clair de son temps dans son bureau.

— Autrement dit, il continuait à travailler avec sérieux.

— Avec acharnement, comme il l'a fait sa vie durant ; un astrologue, s'il veut nourrir son intuition, ne doit pas cesser de jouer sur le clavier du zodiaque.

— Pourtant, à son âge, il aurait pu s'octroyer quelque loisir.

— De deux choses l'une, mon cher Marlow : ou bien il s'amusait en pratiquant son art, ou bien il traitait une affaire capitale.

— Puisqu'il a été tué, la seconde solution...

— Ne tirons pas de conclusions hâtives ; elles nous obscurciraient l'esprit.

Higgins refusait les *a priori* et les idées toutes faites ; travaillant à la manière d'un vieil alchimiste, il laissait les faits s'accumuler avant de les placer, comme matière prèmière, dans l'athanor où l'or serait séparé du plomb. Encore fallait-il observer avec un œil si attentif qu'il ne déformerait rien.

L'ex-inspecteur-chef avait pris les premières notes sur son carnet noir ; son crayon noir, finement taillé, courait sur le papier.

— Autre renseignement, confia-t-il à Marlow :

Junctin Ampton était un homme aux habitudes impérieuses. Depuis son installation à Londres, elles ne variaient pas. Tôt le matin, après le breakfast, une promenade dans les rues de Mayfair ; travail dans son bureau ; déjeuner léger ; courte sieste ; retour au bureau ; *tea time* ; bureau derechef ; dîner ; bureau jusqu'à vingt et une heures ; seconde promenade dans le quartier et coucher.

— Une véritable existence de moine !

— Il se comportait déjà ainsi lorsqu'il était jeune ; selon lui, comprendre un thème astrologique nécessitait de l'étudier pendant des heures, de s'y incorporer, de devenir la personnalité inscrite dans le zodiaque afin de prévoir ses réactions, son mode de pensée et son avenir.

— Et c'était efficace ?

— Junctin Ampton vous radiographiait l'âme.

— Je ne peux pas y croire, déclara Marlow.

— Je vous comprends ; l'astrologie que nous connaissons aujourd'hui n'est qu'une pâle superstition en regard de la haute science qu'avaient développée les Égyptiens, les Sumériens, les Indiens et les Chinois. Ampton n'ignorait aucune des facettes de la tradition.

De gros nuages noirs s'accumulèrent au-dessus de Mayfair ; la pluie menaçait.

Sur le trottoir apparut l'inimitable silhouette de Babkocks, le meilleur médecin légiste du Royaume-Uni ; sosie de Winston Churchill, il portait sa veste d'aviateur en cuir, héritage de la Royal Air Force, et fumait un gros cigare composé de déchets de tabacs exotiques dont il bourrait ses poches. Babkocks faisait parler un cadavre comme personne ; de plus, il mettait un point d'honneur à le restituer dans un état meilleur qu'à « la livraison », selon ses propres termes. Son laboratoire était zone interdite et ses méthodes demeuraient l'un des secrets les mieux gardés du pays. Grand amateur de whisky irlandais de contrebande, qu'il pimentait avec de la cendre de cigare, il marchait avec la lenteur des professionnels revenus de tout.

— Si Higgins est sur le coup, dit-il en découvrant l'ex-inspecteur-chef, il va y avoir du sport.

Les premières gouttes tombèrent.

— Entrons, proposa le légiste ; l'eau, c'est dangereux.

Higgins leva les yeux vers le ciel, espérant qu'il lui serait favorable.

CHAPITRE IV

Marlow fit sauter les scellés et ouvrit la porte du bureau de l'astrologue.

Le superintendant, l'ex-inspecteur-chef et le légiste entrèrent en silence ; l'immense pièce ressemblait à un sanctuaire païen voué au culte du cosmos. Une faible lumière éclairait un mobilier riche et austère ; le regard était vite attiré par les constellations et les signes du zodiaque peints sur le dôme.

— Sinistre, jugea Marlow.

— Envoûtant, rectifia Babkocks ; ça me donne des idées pour ma salle de dissection.

Higgins, imité de ses deux collègues, n'avait avancé que de cinq pas. Il voulait prendre possession des lieux avec la plus extrême prudence, ne pas détruire le moindre indice susceptible de le mettre sur la voie ; ses deux collègues connaissaient ses méthodes et les respectaient.

— Quand Junctin Ampton a-t-il été assassiné ? demanda l'ex-inspecteur-chef.

— Lundi soir, répondit le légiste.

— L'heure ?

— Difficile à préciser ; à part du thé d'excellente qualité, aucune trace d'aliment ingéré récemment. Disons... entre vingt et une heures et vingt-trois heures.

— État physique ?

— Correct, pour un homme de soixante-quinze ans ; aucune maladie grave en vue.

— Cause de la mort ?

— On l'a étranglé.

— Avec quel type d'objet ?

— Comme il s'est à peine défendu, les marques sur le cou sont très peu profondes ; ça m'empêche d'être précis. Il pourrait s'agir d'un lacet de chaussure comme d'un cordage de bateau, ou même d'une chaînette.

— Aucune trace de lutte ?

— La peur s'est mêlée à l'étouffement ; peu de gens sont capables de se sortir d'une pareille situation. À son âge, il n'avait aucune chance. L'effet de surprise lui a ôté la quasi-totalité de ses moyens ; l'assassin n'a pas eu beaucoup d'efforts à déployer.

— Une femme pourrait-elle être coupable ? demanda Marlow.

— Sans problème ; vous n'imaginez pas la puissance d'un petit bout de femme décidée à supprimer quelqu'un.

— Autre chose ? s'enquit Higgins.

— Peu bavard, ton cadavre ! J'aurais préféré un crime plus sordide, avec du sang et des traces de lutte. Là, honnêtement, je n'aurais pas grand mal à te restituer un beau mort. Le seul aspect intéressant, c'est la chute du buste en avant.

— Explique-toi.

— L'assassin s'est approché par-derrière, sans bruit ; le pauvre vieux ne l'a certainement pas entendu, car il n'a même pas essayé de se retourner. L'autre lui a passé une cordelette autour du cou, ou quelque chose de similaire, et a serré. Sa victime a immédiatement suffoqué ; ton astrologue est peut-être mort d'une crise cardiaque. Il s'est effondré sur son bureau et son buste a recouvert le thème astrologique sur lequel il travaillait.

— Donc l'assassin n'a pu voir ce document.

— Exactement. Il n'a pas pris le temps de déplacer le cadavre.

— Et le thème se trouve toujours sur le bureau.

— Tu me connais, Higgins ; je ne dérange rien.

L'ex-inspecteur-chef s'approcha de la table de travail de Junctin Ampton.

L'astrologue, conformément à son habitude, avait dessiné à main levée le zodiaque et ses signes. Le trait était parfait, le cercle sans défaut, comme le dessin d'un moine zen, entraîné sa vie durant à accomplir le geste pur.

Une seule ligne droite, fichée dans le signe du Sagittaire ; aucune autre indication.

— Qu'a-t-il voulu dire ?

— Je suppose qu'il a révélé ainsi un ascendant, estima Higgins ; on le calcule en fonction de l'heure et du lieu de naissance d'un individu. C'est, en quelque sorte, son horizon personnel ; le signe ascendant permet de décrire les principaux aspects d'un caractère.

— Son dernier geste, souligna Marlow.

— Sans aucun doute, précisa Babkocks.

— En ce cas, conclut le superintendant, l'astrologue nous a fourni un renseignement capital : l'assassin est ascendant Sagittaire !

— Certes, reconnut Higgins, mais des dizaines de milliers de personnes, en Angleterre même, doivent présenter cette particularité ; ce n'est que l'un des aspects d'un thème astrologique.

— Avec l'ordinateur du Yard, nous pourrions être efficaces.

— À condition de disposer d'éléments supplémentaires.

— Ampton n'a rien indiqué d'autre sur ce zodiaque ?

— Hélas, non !

Higgins réexamina le document mais n'en tira pas d'autre enseignement. À l'extrémité droite du bureau se trouvait une épaisse enveloppe au rabat collé et vierge de toute inscription.

— Je mets des gants, dit Marlow, qui ouvrit l'enveloppe avec une extrême lenteur.

À l'intérieur, une liasse de grosses coupures de livres sterling.

— Une véritable fortune, constata le superintendant ; sans doute des honoraires ?

— Paiement liquide et non déclaré, grinça Babkocks ; il a eu tort de mourir. Ce type-là avait un bon job. Moi, je n'ai jamais eu de cadavres en fraude.

— Reposez l'enveloppe au même endroit, demanda Higgins.

— Nous procéderons à la recherche des empreintes, annonça Marlow, qui ne se faisait guère d'illusions.

À l'extrémité gauche du bureau, un planisphère en couleurs ; au pied, un curieux objet, de forme cylindrique, allongé et percé de trous. Marlow le soupesa.

— C'est très léger.

— Les dorures sont jolies, nota Babkocks ; on dirait une flûte.

— C'en est une, approuva Higgins, mais plutôt exotique.

— L'astrologue était-il musicien ?

— Astrologie et musique ont toujours fait bon ménage ; dans le cas présent, je l'ignore.

— Regardez, là... c'est une sculpture.

— Un petit éléphant, en effet ; quelle finesse et quelle beauté ! Vous ferez prendre des photographies, mon cher Marlow. Il nous faudra consulter un expert pour connaître l'origine exacte de cet instrument.

Sur l'abat-jour de la lampe de bureau, un zodiaque provenant de l'abbaye royale de Saint-Denis, en France. Higgins alluma la lumière qui illumina les signes astrologiques ; puis il souleva le pied de lampe et découvrit un oignon.

Fort usé, l'objet était ancien ; mais sa caractéristique majeure attirait aussitôt l'attention : pas d'aiguilles, ni pour les secondes, ni pour les minutes, ni pour les heures.

— À quoi cela sert-il ? s'étonna Marlow.

— C'est la question qu'il faut poser, reconnut Higgins, qui dessinait chaque indice sur son carnet noir et le décrivait avec soin.

— Montre à réparer après un accident ? suggéra Babkocks.

— Hypothèse intéressante, admit Higgins.

Un gros livre d'éphémérides sommeillait non loin du thème astrologique.

— S'il avait été ouvert, suggéra Marlow, nous aurions eu une date précieuse.

— L'assassin a peut-être songé à le fermer.

Higgins souleva le fort volume ; en dessous se cachaient des morceaux de lettre.

— Voilà peut-être la clé de l'énigme, dit le super-intendant, joyeux.

CHAPITRE V

La missive avait été déchirée en quatre morceaux que Higgins assembla sans difficultés. Il la lut à haute voix à ses deux collègues :

Mon chéri,

Notre brûlante passion devient insupportable et excessive. Avec toi, pas un instant de calme et de tendresse. Ta fougue, je l'apprécie ; mais elle ne faiblit jamais, et moi, j'ai besoin de douceur. C'est pourquoi j'ai décidé de rompre. Tu trouveras facilement une autre femme et tu l'épuiseras. Change souvent, si tu désires être satisfait.

Merci et adieu.

Suivait une signature illisible. Aucune date ne figurait.

— Ça ressemble fort à une rupture de contrat, estima Babkocks ; la dame congédie le monsieur.

— Ce vieil homme avait donc une maîtresse, conclut Marlow.

— Il le pouvait, jugea le légiste ; c'était encore un

beau gaillard, plutôt séduisant. Je vois bien une jeune lady acceptant de se laisser conter fleurette dans un hôtel particulier de Mayfair.

— Oui, mais la liaison venait d'être rompue ! Il nous faudra scruter la vie sentimentale de Junctin Ampton.

— Ce ne doit pas être trop difficile, déclara Babkocks ; il ne devait quand même pas entretenir un harem !

— Le genre humain est parfois bien surprenant, rappela Higgins.

— Je reste dans le cadavre, décida le légiste ; tes enquêtes me déroutent.

L'ex-inspecteur-chef avait épuisé la surface du bureau ; restaient deux tiroirs. Celui de droite était fermé à clé ; célui de gauche, ouvert. Higgins le tira ; il ne contenait qu'un thème astrologique, dressé avec tous les détails, mais sans nom ni date de naissance.

— De qui s'agit-il ? demanda Marlow.

— À vue d'œil, superintendant, impossible à dire.

— Confiez-le à l'ordinateur central, ironisa Babkocks ; il devrait être capable d'identifier le propriétaire.

— Entendu, rétorqua Marlow, prêt à relever le défi.

— L'identité du personnage doit être capitale, estima le légiste ; c'est le seul horoscope complet que nous avons déniché !

— Attendons le contenu du tiroir fermé, recommanda Higgins.

— Moi, j'ai un instrument pour l'ouvrir, affirma Babkocks.

Le légiste sortit de la poche droite de sa veste d'aviateur une sorte de bistouri mâtiné de scalpel et croisé avec un passe-partout.

— Avec ça, expliqua-t-il, je vous ouvre un crâne dur comme du béton ; ce n'est pas un tiroir qui me résistera.

— Ce n'est pas très légal, objecta Marlow.

— Tu me connais, Scott : pas de traces, pas de dégâts.

Higgins hocha la tête affirmativement.

De fait, Babkocks ouvrit le tiroir avec des doigts de fée.

Il contenait plusieurs documents. En haut de la pile, une lettre tapée à la machine.

Cher Junctin,
Veuillez m'indiquer le meilleur pour agir :
— Crystal Palace
— Sandringham
— Windsor
— Balmoral
Vous savez combien votre avis est décisif.

Ni date, ni signature.

Scott Marlow ne cacha pas son inquiétude.

— Sandringham, Windsor, Balmoral... des résidences royales !

— Pas Crystal Palace, nota Higgins.

— Qu'est-ce que ça signifie ? interrogea le superintendant. Qui a écrit cette lettre ?

L'ex-inspecteur-chef recopia le texte sur son carnet

noir, puis sortit du tiroir une feuille de papier ; plusieurs noms, écrits à la main, y figuraient :

Balthazar	LINK
Linda	HALMOND
Jack	WALKS
Dorritt	HAWKHURST
Anthony	WEEKS
Montfort	LEAMINGTON
Henry	BRIDGEWOOD
Patrick	HURST

— Voilà du grain à moudre ! se réjouit le légiste. Vous allez bien dénicher un assassin là-dedans !

— Des clients privilégiés ? se demanda Marlow.

— Manquent leurs thèmes astrologiques, s'étonna Higgins.

— Je vais faire rechercher ces personnes, promit le superintendant, et nous les interrogerons.

Le troisième document émanait de Buckingham Palace : il s'agissait d'une lettre au ton très administratif et au style compliqué dont il ressortait que certaine commande avait été passée à l'astrologue.

— Invraisemblable ! jugea Marlow.

— Nous vérifierons.

— Mais enfin, Higgins... le Yard risque d'être ridicule.

— Je m'en occuperai, promit l'ex-inspecteur-chef ; si ce courrier a été mis sous clé, il présentait de l'importance aux yeux de la victime. Nous devons savoir pourquoi.

Higgins s'assura que le tiroir était bien vide. En se penchant, il aperçut quelque chose de lumineux sous le bureau. Bravant son arthrose des genoux, il plia le gauche et tendit la main pour recueillir un magnifique bouton de manchette en or.

— Psst ! siffla Babkocks ; la paire doit valoir une petite fortune.

— Appartenait-elle à l'astrologue ? demanda Marlow.

— Le cadavre ne portait qu'un costume beige clair de style indien, précisa le légiste.

— Il n'aimait que ce type de vêtements, confirma Higgins ; nous en trouverons certainement plusieurs exemplaires dans sa penderie.

— Un visiteur a donc perdu ce bouton de manchette, conclut Marlow.

— Amusant, estima Babkocks ; mon cadavre n'était pas très bavard, mais vous disposez d'un nombre suffisant d'indices pour identifier l'assassin très rapidement.

— Ce n'est peut-être pas fini, avança Higgins ; il faut fouiller cette demeure du grenier à la cave.

CHAPITRE VI

Marlow demanda à ses hommes de procéder à une perquisition en règle pendant qu'il continuait à explorer la scène du crime avec Higgins et le légiste.

— Je suis heureux de prendre un peu de détente, avoua ce dernier ; quand nous aurons fini, je fonce à ma salle de dissection. Une noyée et un pendu m'attendent... de la routine. Ici, au moins, c'est distrayant.

Higgins, avec la lenteur calculée d'un chat, posa son regard sur chaque recoin de la pièce et sur chaque objet. Même les planisphères n'échappèrent pas à son analyse ; aucun ne comportait d'erreur. C'est en soulevant le plus imposant qu'il découvrit un bas de soie, décoré de figures étranges. De loin, elles ressemblaient à des flammes ; de près, à des danseuses orientales.

L'ex-inspecteur-chef étira le bas au maximum.

— D'une solidité à toute épreuve, constata-t-il.

— L'arme du crime ? avança Scott Marlow.

— Pas impossible, apprécia Babkocks ; vous permettez ?

Le légiste tordit le bas dans tous les sens.

— Avec ça, on étranglerait un colosse ; alors, ce brave vieux...

— Pourquoi l'assassin aurait dissimulé un indice aussi important sur le lieu même de son crime ? s'interrogea Marlow, désorienté.

Higgins se contenta de prendre des notes sur son carnet noir ; à ce rythme-là, il lui faudrait bientôt retailler le crayon.

L'ex-inspecteur-chef se dirigea vers la bibliothèque, remplie d'ouvrages techniques ; il les tira un à un, sans rien déceler d'anormal.

Son pied gauche heurta un petit objet ; il se plia à nouveau pour le ramasser.

— Vraiment curieux... une sorte de décoration, semble-t-il.

— Que représente-t-elle ?

— Un éléphant en ivoire.

— Ce n'est pas une distinction britannique, observa Marlow ; nous saurons si l'astrologue a été décoré par une quelconque autorité.

— S'il laissait traîner ses décorations par terre, remarqua Babkocks, ce n'était pas un homme très ordonné.

— Au contraire, précisa Higgins ; il avait la réputation de ne rien négliger et de ne rien oublier.

L'ex-inspecteur-chef passait le doigt sur les rainures de chaque montant de la bibliothèque.

— Que cherchez-vous ? demanda Marlow.

— Un astrologue comme Junctin Ampton avait des clients haut placés ; l'un de ses premiers devoirs était le secret. Il devait donc cacher des documents confidentiels dans un endroit peu accessible.

— Le tiroir du bureau ne vous suffit-il pas ?

— Je suis persuadé qu'il existe une cachette, ici même, et je la trouverai.

Un quart d'heure plus tard, l'ex-inspecteur-chef, grand connaisseur des meubles truqués dont les dos-d'âne étaient les meilleurs exemples, posa l'index sur une aspérité suspecte. En appuyant, il l'enfonça dans l'acajou et provoqua l'ouverture d'une porte dans l'épais pilier central de la bibliothèque.

Marlow recula d'un pas ; Babkocks ôta le cigare de sa bouche.

— Ça alors... jamais vu une horreur pareille !

Une pendule en bois occupait la quasi-totalité du placard. Sur son fronton, une inscription : « Voulez-vous connaître l'heure de votre mort ? » Disposés en carré, les signes du zodiaque encadraient la pendule proprement dite dont le centre était occupé par une tête de mort.

Les aiguilles marquaient huit heures trente ; dans une fenêtre inférieure apparaissait le mot « dimanche ».

— Rien à voir avec l'heure et le jour de l'assassinat, constata le légiste.

— A-t-il voulu indiquer quelque chose de précis ou cette affreuse horloge marque-t-elle n'importe quelle heure ?

— Si bien dissimulée... c'est forcément important, jugea Babkocks, mais qui est concerné ?

— Dimanche, huit heures trente, dit Higgins en détachant les syllabes ; il ne nous reste pas beaucoup de temps.

— Que redoutez-vous, Higgins ?

— Je n'en sais rien encore, superintendant, mais cette pendule nous annonce une seconde mort. À condition, bien sûr, que les aiguilles aient été disposées par Junctin Ampton.

Très troublés, les trois hommes poursuivirent leur exploration, mais ne découvrirent aucun autre indice ; le bureau de l'astrologue semblait avoir livré tous ses secrets.

Quand ils en sortirent, les hommes de Marlow firent leur rapport. L'un d'eux était persuadé qu'un cambriolage avait eu lieu dans la cave de l'hôtel particulier. Du désordre, des caisses éventrées, des bouteilles cassées prouvaient que le voleur, pris de panique, s'était enfui avec un larcin relativement modeste. Il avait tout de même emporté quelques échantillons historiques de Château Petrus qui se négociaient à très haut prix.

Higgins tint à visiter lui-même toutes les pièces de l'hôtel particulier et à vérifier le travail effectué par les *bobbies* ; il ne mettait pas en doute leur compétence, mais un regard neuf, nourri des observations récentes, pouvait déceler un nouveau détail.

Scott Marlow l'accompagna ; il s'aperçut que l'astrologue n'habitait vraiment que son bureau, une chambre, un salon et la salle à manger. Après avoir soulevé les tapis, ouvert les commodes, inspecté le réfrigérateur, sondé l'armoire à pharmacie, force fut de constater que la fouille de l'hôtel particulier était terminée.

— Nous avons récolté du matériel, rappela Marlow ; avec les moyens modernes dont nous disposons, nous remonterons la piste sans aucune peine.

— Le ciel vous entende, superintendant.

— Le plus difficile est de savoir par où commencer ; quand nous aurons tiré le bon fil, le reste viendra de lui-même.

— Soyez le plus rapide possible ; rappelez-vous : dimanche, huit heures trente.

— Eh bien, accompagnez-moi au Yard ; occupons-nous d'abord du thème astrologique complet.

Dans le hall d'entrée, Higgins jeta un regard à l'indispensable porte-parapluies. S'y trouvait un parapluie d'apparence médiocre, à moitié cassé, aux baleines en déconfiture. L'ex-inspecteur-chef s'en empara.

— Ma voiture est juste devant, précisa Marlow.

La pluie tombait dru.

Curieusement, Higgins n'ouvrit pas le parapluie qu'il garda sous le bras. Le superintendant demanda le maximum à la vieille Bentley qui démarra avec entrain

CHAPITRE VII

L'ordinateur central de Scotland Yard fonctionnait à plein régime ; les spécialistes jugeaient le problème ridiculement simple. Avant que la science de pointe ne rendît son verdict, d'autres investigations étaient entreprises afin de localiser les personnes mentionnées sur la liste.

Assis sur une chaise métallique aussi peu confortable que possible, vêtu d'un impeccable costume bleu sombre à la coupe parfaite, Higgins attendait.

Un planton déposa un dossier sur le bureau de Marlow.

— Eh bien voilà !

Le superintendant blêmit.

— Ce n'est pas possible ! Il s'agit forcément d'une erreur...

— Qui a été identifié ?

— Le docteur Watson, avoua Marlow.

— Hors d'atteinte : un second suspect ?

— Oui, heureusement.

Cette fois, le superintendant s'étrangla.

— Sinistre plaisanterie ! Les responsables vont entendre parler de moi, je vous l'assure !

Higgins regarda le rapport. Après Watson, le principal suspect n'était autre que Scott Marlow en personne.

— Ce n'est pas si invraisemblable, jugea Higgins ; Lune et Mercure dans le signe du Bélier, Soleil, Vénus et Jupiter dans celui du Taureau, Pluton en Gémeaux, Neptune en Cancer, Mars en Scorpion, Uranus en Capricorne et Saturne en Poissons. Ce sont bien vos positions planétaires.

— Mais enfin, Higgins ! Vous connaissez ma carte du ciel ?

— Depuis longtemps, mon cher Marlow ; j'aurais dû la reconnaître. Le plus gênant, c'est le signe de l'ascendant : Sagittaire.

Furibond, le superintendant frappa du poing sur la table.

— Tout ça est complètement insensé ! Vous ne croyez quand même pas...

— Bien sûr que non.

— Hasard ou machination ?

— L'assassin a lui-même placé ce thème astrologique dans le tiroir du bureau le plus accessible.

— Savait-il que sa victime avait eu le temps de tracer l'ascendant Sagittaire ?

— Certainement pas ; il a voulu nous orienter sur une fausse piste en prenant des positions astronomiques dans un livre d'éphémérides.

— Comment avez-vous soupçonné la vérité ?

— La main du dessinateur n'est pas exactement celle de Junctin Ampton. Imitation superbe, mais un faux.

— Heureux d'être dédouané.

— Comme on dit en astrologie, vous avez un beau thème, superintendant. L'assassin a sans doute repéré vos coordonnées de naissance dans un journal et s'est amusé à vous narguer, supposant que vous pourriez être désigné pour vous occuper de cette affaire.

— Un défi ?

— En quelque sorte.

— La signature d'un fou ou d'un génie du mal.

— En tout cas, un indice qui disparaît ; hasard ou machination, il ne nous mènera nulle part.

Une angoisse s'empara de Marlow.

— Croyez-vous que le reste est du même acabit ? N'aurions-nous découvert qu'une série de trompe-l'œil ?

— Trop tôt pour le dire.

— Si c'est le cas, notre monceau d'indices ne serait qu'un rideau de fumée.

— Ne désespérons pas encore, nous possédons une certitude : l'ascendant Sagittaire tracé par l'astrologue. L'assassin n'a pu le voir.

— Souhaitons que la lettre de Buckingham Palace soit un leurre, elle aussi.

— Pendant que vous tentez de découvrir les adresses des personnes citées sur la liste, je vais vérifier ce point-là.

Marlow trépignait. Lui qui rêvait de faire un jour partie du corps d'élite assurant la protection rapprochée de la reine Élisabeth, la plus belle femme du monde, ne pouvait se permettre le moindre faux pas.

Certes, Higgins avait ses entrées à Buckingham Palace et même, disait-on, auprès de Sa Majesté. Ce n'étaient probablement que de faux bruits, mais l'ex-inspecteur-chef était un homme plein de surprises.

Au milieu de l'après-midi, il réapparut.

— Alors, Higgins ?

— La situation est embrouillée.

— Que dit le palais ?

— Le service de presse de Buckingham nie tout contact avec Junctin Ampton et affirme que la lettre est un faux.

— Affaire réglée, par conséquent.

— Je crains que non ; le rôle de ce service consiste à démentir en permanence. Pourtant, la Couronne n'a jamais été indifférente à l'astrologie et elle aurait pu s'attacher les services d'un technicien aussi exceptionnel que Junctin Ampton.

— Simple supposition.

— En effet, mais appuyée sur quelques témoignages indirects.

— Qui a signé cette « commande » ?

— Personne, bien entendu.

— Mieux vaut ne pas insister, recommanda Marlow, espérant que l'entêtement légendaire de son collègue ne prendrait pas le dessus.

— Ce n'est pas mon intention.

— Deuxième indice qui s'effondre en poussière, estima Marlow ; Buckingham Palace est hors de cause. L'assassin tentait de nous égarer, là encore.

Higgins semblait dubitatif.

— Ne fermons aucune porte.

— De mon côté, déclara le superintendant avec une certaine fierté, j'ai toutes les adresses.

— Ne perdons pas une seconde, décida Higgins.

CHAPITRE VIII

Dorritt Hawkhrust résidait dans une superbe demeure ancienne en bordure de St. James Park ; en plein cœur de la capitale, elle bénéficiait d'une vue apaisante et d'un paysage de rêve ; sous ses fenêtres, d'énormes vieux arbres, placides et rassurants. Au-delà, une sorte de prairie, un étang avec des canards ; quelques moutons, avec leur implacable appétit, mastiquaient une herbe généreuse.

Un valet de pied, portant gilet rayé noir et jaune et pantalon noir, accueillit les visiteurs dans le hall d'entrée ; l'endroit aurait pu être impressionnant, en raison de la hauteur sous plafond et des innombrables sculptures en stuc représentant fruits et fleurs, mais la propriétaire des lieux l'avait surchargé de tentures, de rideaux et de drapés aux couleurs chaudes qui faisaient songer à un boudoir ou à un harem oriental.

— Que désirent ces messieurs ?

— Scotland Yard. Nous voulons voir Miss Hawkhurst.

— Mademoiselle est à peine levée, et je crains...

— Il est midi, rappela Marlow ; prévenez-la de notre présence.

Pincé, le valet de pied utilisa un téléphone intérieur ; la conversation fut brève.

— Mademoiselle accepte de vous recevoir, veuillez me suivre.

Le trio emprunta un escalier de marbre recouvert d'un somptueux tapis d'Iran, passa dans un couloir peint en saumon, aux murs ornés de pastels vaguement licencieux et atteignit la chambre de Dorritt Hawkhurst. Le valet de pied frappa, attendit une réponse, et ouvrit.

— Je vous en prie, messieurs.

Une bouffée de parfum capiteux et entêtant envahit les narines de Marlow et de Higgins ; pas un pouce de mur n'était visible, car la chambre était un hymne aux tissus. Satin de coton vert, bleu et parme, soies naturelles, taffetas composaient un étonnant décor, intime, secret et sensuel. Des rideaux doublés étaient retenus par une tringle placée à un mètre du sol et ne laissaient passer qu'un faible rayon de soleil. La moquette bleue était si épaisse que le pied s'y enfonçait.

Le mobilier se composait de plusieurs commodes aux formes douces et arrondies ; les fauteuils avaient un dossier ovale, les lampes des abat-jour orange. Des napperons de dentelle recouvraient les cheminées de marbre italien, aux jambages cannelés.

Dorritt Hawkhurst était assise devant sa coiffeuse, une magnifique œuvre baroque, importée de Hongrie ; des angelots jouaient de la harpe sur les colonnettes soutenant le grand miroir dans lequel la jeune femme se contemplait.

Quand elle se retourna à demi vers les policiers, Marlow eut un choc.

Certes, il avait déjà eu l'occasion de voir au cinéma ou dans les journaux ces êtres vénéneux et attirants que l'on baptisait « vamps », par référence aux vampires femelles, si séduisantes avant de sucer le sang de leurs amants imprudents ; mais c'était la première fois qu'il en voyait une de si près.

Dorritt Hawkhurst possédait la jeunesse, le charme et la beauté. De longs cheveux noirs bouclés tombaient en cascade sur ses épaules d'un blanc laiteux ; les lignes très pures de son visage semblaient sorties de la main d'un Raphaël ou d'un Michel-Ange ; des yeux verts, d'une infinie douceur, des sourcils au mouvement gracieux, une bouche tendre capturaient le malheureux qui osait la contempler. À peine vêtue d'un déshabillé qui portait bien son nom et révélait des formes que le protestant le plus austère eût qualifiées d'émouvantes, elle se maquillait avec la distinction inimitable et innée des séductrices.

— Pardonnez-moi de vous recevoir si cavalièrement, messieurs, mais je viens juste de m'éveiller... j'avais une soirée très mondaine qui s'est terminée à l'aube. Dans mon métier, hélas ! ce n'est pas rare. Et si l'on n'a pas son compte de sommeil, les rides apparaissent vite. J'avoue être très impressionnée, presque effrayée... Quel est le motif de votre visite ?

Marlow avait la gorge trop serrée pour s'exprimer convenablement ; Higgins lui vint en aide. Après avoir fait les présentations et remercié Dorritt Hawkhurst de son accueil, il sortit son carnet noir et son crayon.

— Étiez-vous en contact avec un astrologue nommé Junctin Ampton ?

— Bien sûr, inspecteur ! C'est un homme merveilleux, un sage qui sait toujours trouver les paroles de réconfort. Sans lui, j'aurais commis bien des bévues ; il me conseillait et m'orientait. Je peux me vanter d'être l'une de ses rares clientes ; à son âge, il ne s'occupait plus de n'importe qui. Mais... ai-je mal entendu ou avez-vous utilisé l'imparfait en parlant de lui ?

— Votre ouïe est excellente.

— Ce qui signifie...

— Junctin Ampton a été assassiné.

— Mon Dieu !

Elle laissa tomber sur la moquette son applicateur pour ombres à paupières ; Higgins défia son arthrose des genoux et ramassa le délicat instrument.

— Merci, inspecteur... je suis si bouleversée !

Elle devait l'être, jugea Marlow, car sa bretelle gauche glissait dangereusement vers l'extrémité de l'épaule, au point de découvrir la naissance d'un sein.

— Qui... qui a commis le meurtre ?

— Nous recherchons le coupable, dit Higgins avec un bon sourire.

— Possédez-vous déjà une piste ?

— Plusieurs.

— Tant mieux ! Arrêtez l'assassin et pendez-le ! Il mériterait d'être écartelé, comme autrefois ! Junctin était un homme si généreux, si adorable... il ne voulait que le bonheur des gens. Je... je crois que je me suis défigurée.

Se regardant à nouveau dans la glace, Dorritt Hawkhurst utilisa un pinceau biseauté en poils de martre pour ombrer les paupières.

Higgins, estimant qu'elle n'avait plus besoin de son assistance directe, fit quelques pas dans la chambre. Il admira les gravures du XVIIIe siècle, consacrées à des paysages campagnards, à des scènes de la vie aristocratique et à l'élevage des chevaux.

— Je suis contraint, mademoiselle, de vous demander où vous vous trouviez lundi soir.

— Ici même, inspecteur ; c'était ma première soirée solitaire depuis trois semaines. Mes domestiques vous le confirmeront ; je n'ai pas dîné, je suis montée dans ma chambre vers vingt heures et j'ai dormi douze heures d'affilée. Dans ma profession, récupérer est indispensable.

— Quelle est-elle ?

— Décoratrice spécialisée.

— Et quelle est cette spécialisation ?

— La famille royale me fait l'honneur de recourir à mes services ; j'ai décoré une partie du yacht royal et plusieurs pièces de différents palais. Quelques aristocrates, que je sélectionne avec soin, font également partie de mes amis et clients.

La révélation affola Scott Marlow ; l'enquête s'engageait dans une zone à hauts risques.

— Quand avez-vous vu votre astrologue pour la dernière fois ? demanda Higgins.

— Il y a un mois environ... il m'avait prédit, avec sa justesse de vue habituelle, une période faste et exténuante.

— Parlait-il parfois de lui-même ?

— Jamais.

— Vous ne lui connaissiez donc pas d'ennemis ?

— Je vous l'ai dit : il était la bonté incarnée.

— Jouez-vous de la musique, mademoiselle ?

— Du piano, inspecteur... j'aurais aimé être concertiste. Le ciel en a décidé autrement.

— La musique, les tissus, les bons vins... l'existence n'est-elle pas prodigue de bienfaits ?

— Je vous abandonne les vins ; mon teint ne supporte qu'un verre exceptionnel de temps à autre.

— Il me reste une formalité très délicate à accomplir, mademoiselle.

Remettant en place sa bretelle gauche, Dorritt Hawkhurst se tourna complètement vers Higgins.

— Laquelle, inspecteur ?

— Pourriez-vous écrire sur ce carnet vos date, lieu et heure de naissance ?

Elle sourit, amusée.

— Voudriez-vous vérifier l'exactitude du thème astrologique qu'avait dressé Junctin ?

— Vous me percez à jour.

— Puisque vous le possédez déjà, je n'ai plus rien à cacher... mais soyez discret.

— Comptez sur moi, mademoiselle.

CHAPITRE IX

Pendant que la Bentley roulait vers sa prochaine destination, Scott Marlow reprit contenance.

— Quelle femme superbe !

— Je vous l'accorde, superintendant : rassurez-vous, nous la reverrons bientôt.

— La musique, n'est-ce pas ? Si elle pratique le piano, elle pourrait également jouer de la flûte.

— Le vin, également ; elle n'aime que l'exceptionnel, et le Château Petrus entre dans cette catégorie.

— En revanche, je ne la vois pas utiliser un oignon sans aiguilles, ni porter une décoration avec un éléphant. Le bouton de manchette ne lui appartient pas, le parapluie cassé non plus.

— Votre mémoire est étonnante, mon cher Marlow.

— Le bas de soie... voilà qui lui ressemble.

— Ce qui lui ressemble tout à fait, indiqua Higgins, c'est l'écriture. Nous possédons la preuve qu'elle est l'auteur de la lettre de rupture déchirée.

— Fabuleux ! Elle est forcément liée à la liste des palais, puisqu'elle travaille pour la famille royale.

— Peut-être, répondit Higgins, évasif.

— L'enveloppe remplie de billets de banque... je ne comprends pas sa présence. Un simple paiement ?

Higgins sortit de sa poche un livre d'éphémérides et une table de calcul de l'ascendant.

— Nous allons en savoir davantage, annonça-t-il, si Dorritt Hawkhurst ne nous a pas menti.

L'ex-inspecteur-chef obtint un résultat rapide.

— Désolé, superintendant... elle n'est pas ascendant Sagittaire, mais Poissons, au vingtième degré, avec Vénus « piquée » sur l'ascendant, comme disent les techniciens.

***

Anthony Weeks habitait dans Jermyn Street, dont les plus beaux fleurons étaient *Floris*, qui créait son parfum depuis 1730, et le grand fromager *Paxton and Whitfield* dont le magasin ancien suscitait l'admiration des passants.

Le somptueux appartement de Weeks était situé au dernier étage d'un immeuble luxueux ; de sa terrasse, il dominait une bonne partie de Londres. Il ouvrit lui-même sa porte.

— Qu'est-ce que vous vendez, messieurs ?

— Superintendant Marlow et inspecteur Higgins.

— Scotland Yard ? J'aime ça ! Allez, entrez ; nous allons nous offrir un whisky bien tassé. Ce soir, je suis seul ; pas de femme, pas de copain, pas de domestique. En plus, vous avez des têtes sympathiques.

Anthony Weeks mesurait un mètre quatre-vingt-dix, pesait quatre-vingt-dix kilos, et possédait une musculature d'athlète ; de sa personne se dégageait une formidable impression de force physique. Les cheveux coiffés en brosse, la tête carrée, il avait une voix tonitruante qui s'entendait de fort loin.

Il donna une formidable accolade à Scott Marlow.

— Sans la police, ce pays serait une pampa ! Moi, je suis un ancien Horse Guard et je n'ai pas amusé la galerie quand j'étais dans l'armée. Il faut dire que je courais le *mile* plus vite que tout le monde, même avec un sac de dix kilos sur le dos... costaud, non ? Voulez-vous que je vous raconte mon dernier championnat et la manière dont je me suis débarrassé des avortons qui tentaient de me remonter ?

— C'est certainement passionnant, reconnut Higgins, mais nous voudrions vous parler d'une affaire grave.

— Je vous arrête, inspecteur.

— À votre guise, M. Weeks.

L'athlète éclata de rire.

— Je voulais dire que je suis au courant... il a porté plainte, n'est-ce pas ?

Marlow, étonné, se demanda s'il ne rêvait pas.

— Qui donc ?

— Cet abruti de chauffeur de taxi ! tonna Anthony Weeks. Je venais d'assister à un match de football et je devais me rendre au plus vite dans Soho... une *party* entre amis, ça n'attend pas ! Cet idiot a refusé, sous prétexte que sa journée était finie. Des habitudes françaises à Londres, vous vous rendez compte ? Je l'ai sorti de son taxi en l'empoignant par le col... ce n'est quand même pas un crime ! Il a eu de la chance... si j'avais été en colère, je lui aurais fracassé le crâne.

L'appartement comprenait dix pièces en enfilade, donnant toutes sur un balcon. Le mobilier, ultramoderne, sacrifiait au métal sous toutes ses formes : çà et là, des statues asiatiques de grande taille représentant un dieu très inquiétant : les cheveux hérissés comme des flammes, les yeux rouges et coléreux, le nez épais et gonflé par la rage, la bouche ouverte et prête à mordre, il maniait couteaux et cordes.

— Ces babioles vous amusent ? Moi aussi ! Ce sont des *zaôgongen*, des génies chargés de convaincre les récalcitrants par la manière forte. Honnêtement, c'est celle que je préfère ! Discuter et négocier, ça ne mène à rien ; un bon affrontement vaut mieux que mille palabres. Les samouraïs japonais ont raison : l'homme est fait pour la guerre ; ce n'est pas votre avis ?

— Je le redoute, déplora Higgins.

— Allons ! Nous n'allons pas perdre notre temps à philosopher... vous n'avez pas la tête à boire du whisky de fillette. Je vais vous faire goûter une cuvée écossaise que vous n'oublierez pas de sitôt. Elle n'est pas tout à fait légale, mais ça en augmente la saveur ! Et ne m'objectez pas que vous êtes en service... nous sommes entre hommes.

Pendant qu'Anthony Weeks sortait une bonbonne d'un placard en acier, Higgins nota la présence d'une cravache, négligemment posée sur un fauteuil en fer, aux montants d'aluminium.

— Vous faites du cheval, M. Weeks ?

— Du polo, inspecteur. Ça, c'est un sport ! J'ai déjà démoli pas mal d'amateurs et de froussards. Il faut faire corps avec son cheval, ne pas hésiter à le cravacher d'une main pendant qu'on frappe la balle avec la crosse. Acrobatique, non ? On me l'a souvent reproché ; mais j'ai mes règles, à moi, et je marque des buts. Au club, on me supporte comme je suis. Goûtez-moi cette merveille.

De fait, le whisky écossais de contrebande était exquis, même s'il brûlait un peu l'arrière-gorge.

— Notre monde est celui des lâches et des trouillards, déclara Anthony Weeks ; moi, je regrette le temps des colonies. On partait pourfendre des macaques et l'on revenait couvert de gloire pour mieux repartir et massacrer ces imbéciles qui n'avaient pas compris ; joyeuse époque ! Au moins, on ne se posait pas de questions !

— Vous me pardonnerez, indiqua Higgins, mais nous devons vous en poser quelques-unes.

— Encore ce chauffeur de taxi ! Écoutez, inspecteur, on ne va pas s'ennuyer avec ce guignol. Demandez-lui combien il veut. Je le paie, et *finita la commedia.*

Tout en vidant son verre, Anthony Weeks ramassa à la volée une liasse de billets qui traînait sur une table basse. Il l'offrit à Marlow.

— Gardez-en la moitié pour vos bonnes œuvres et donnez-lui le reste. Il s'achètera une chemise neuve et un costume de fête.

— Jetteriez-vous l'argent par les fenêtres ? demanda Higgins.

— J'en gagne, j'en perds... quelle importance !

Marlow adressa un regard sévère à son hôte.

— Tentative de corruption de fonctionnaire.

— Les grands mots ! D'accord, je m'en occuperai moi-même.

Anthony Weeks jeta les billets derrière lui.

— Vous vous méprenez, précisa l'ex-inspecteur-chef ; nous ne sommes pas ici à cause de votre récente altercation.

— Ah bon ? Mais alors...

— Il s'agit d'un crime, M. Weeks.

CHAPITRE X

— Je n'ai pas tué ce type et j'ai des témoins ! Il est reparti vivant, en conduisant son taxi !

— Ce n'est pas lui qui est mort, précisa Higgins, mais l'astrologue Junctin Ampton.

Anthony Weeks se laissa tomber dans un canapé aux armatures en acier.

— C'est une blague !

— Hélas ! non.

— On l'a trucidé ?

— Sans aucun doute.

— Avec quelle arme ?

— Secret de l'enquête.

— Le pauvre vieux... il ne méritait pas ça.

— Étiez-vous l'un de ses clients ?

— Pour mon bonheur, inspecteur ! Je ne prenais aucune décision importante sans le consulter ; il m'a évité mille et une bêtises. Moi, je fonçais ; lui, il me retenait. Et quand j'avais son feu vert, je mettais le paquet !

— Dans quel secteur travaillez-vous, M. Weeks ?

— C'est très varié... disons que j'organise des compétitions.

— De quelle nature ?

— De toutes sortes, en Angleterre et à l'étranger. Boxe, arts martiaux, polo, etc. Il ne faut pas se tromper sur le choix des lieux et des compétitions.

— Activité lucrative, on dirait.

— Je ne me plains pas... mais Junctin Ampton était un bon conseiller. À cause de mon ascendant Scorpion avec Mars angulaire, j'ai une tendance à l'hyperactivité... parfois, je manque un peu de nuances. Il canalisait mon énergie vers les projets les plus positifs.

— Où vous trouviez-vous, lundi soir ?

— Lundi soir... ici même, inspecteur ! J'ai regardé un match de boxe à la télévision. Douze rounds d'enfer entre deux poids lourds.

— Vous étiez seul ?

— Pour une fois, oui, avoua Anthony Weeks avec un grand sourire. De temps à autre, c'est reposant. La passion des femmes est dévorante... d'accord, on ne peut pas s'en passer, mais une soirée tranquille chaque mois, avec une bouteille de whisky et un sandwich, c'est mon péché mignon ! Pas vous, superintendant ?

— Les criminels ne m'en laissent pas le loisir, répondit sèchement Scott Marlow.

— Ce pauvre Ampton... mais qui a eu l'idée saugrenue de tuer un type qui ne songeait qu'à aider son prochain ?

— Jouez-vous de la musique ? interrogea Higgins.

La question surprit l'athlète.

— À part un peu de tambour à l'armée, ce n'est pas mon style.

— Pardonnez-moi d'être indiscret, mais avez-vous une maîtresse attitrée ?

Pour la première fois depuis le début de l'entretien, Weeks baissa le ton et parut contrarié.

— Ça me regarde. Les histoires de femmes, il vaut mieux les oublier.

— Une déception sentimentale ?

— Moi ? Ce n'est pas mon genre ! Une de perdue, douze de retrouvées. Je ne vais quand même pas m'ennuyer avec des filles à problèmes. Tournons la page.

Higgins commençait précisément une nouvelle page de son carnet noir. L'athlète pointa un index accusateur.

— Hé là, inspecteur... qu'est-ce que vous notez ?

— Tout ce que je ne dois pas oublier, M. Weeks.

— Ça fait beaucoup ?

— Le nombre de pages varie assez peu d'une enquête à l'autre.

— Pourtant, il y a des témoins bavards et d'autres silencieux.

— Leurs silences sont tout aussi éloquents que d'abondantes confessions.

— Et... vous identifiez toujours l'assassin ?

— Le superintendant Marlow est un remarquable professionnel et je suis moi-même très têtu.

Anthony Weeks rit jaune.

— Une qualité, dans votre job...

— Certains estiment que non, mais je suis trop âgé pour changer.

Énervé, l'athlète ôta sa veste et releva ses manches de chemise.

— Avez-vous eu l'occasion de vous rendre dans un ou plusieurs palais de la Couronne ? interrogea Marlow.

— Moi ?

— C'est bien à vous que je m'adresse, M. Weeks.

— Non, jamais, ce n'est pas le genre d'endroit où s'affrontent boxeurs et catcheurs. J'aurais pu proposer à la reine un combat de chiens, mais je ne crois pas qu'elle apprécierait.

— Vous avez raison, commenta Higgins ; aimez-vous le vin français ?

— De la boisson pour femme ! Rien ne vaut le whisky écossais. Un autre verre ?

Marlow et Higgins refusèrent ; le superintendant, habitué à digérer des tord-boyaux, résistait mal à celui-ci.

— Eh bien, M. Weeks, notre première entrevue est terminée, décréta Higgins.

— Il y en aura d'autres ?

— C'est certain ; une enquête criminelle est généralement longue et compliquée. Avez-vous été décoré, à l'armée ?

— Pas mon genre.

— À bientôt, M. Weeks.

***

Interrogations, perquisitions, embouteillages... la journée s'écoulait vite. Big Ben marquait huit heures du soir. La vieille Bentley redémarra vers le nord de la capitale.

— Intéressant personnage, releva Scott Marlow ; joue-t-il la comédie, selon vous ?

— Non, il est lui-même.

— Quelle énergie ! Il doit épuiser ses collaborateurs. Ni musicien, ni amateur de vin, hostile aux décorations... et sans lien avec les palais royaux.

— Il ne porte pas de boutons de manchette, ajouta Higgins.

— En revanche, il laisse traîner des billets n'importe où.

— Pas dans une enveloppe.

— Le plus marquant, estima le superintendant, c'est son attitude envers les femmes et sa réaction lorsque vous avez évoqué une maîtresse attitrée.

— Je partage votre avis, mon cher Marlow.

— En ce cas, nous tiendrions l'amant délaissé par Dorritt Hawkhurst.

— Probable.

— Vous en doutez encore ?

— Je me méfie des portes si largement ouvert

— Vous êtes trop méfiant, Higgins.

Une superbe averse, additionnée de quelqu lons, provoqua un monstrueux embouteillage. les deux policiers et la Bentley patientèrent. dégagèrent en douceur, contournant un enchevêtrement d'autobus qui offrit une idée assez juste du futur des grandes cités. Higgins songea au calme de son manoir ; à cette heure-ci, Trafalgar, après un dîner de gourmet, se pelotonnait au pied du fauteuil préféré de l'ex-inspecteur-chef et guettait son retour.

CHAPITRE XI

Malcolm Mac Cullough, l'un des meilleurs commissaires-priseurs du Royaume-Uni, s'étira, bâilla, et se leva du bon pied. À neuf heures du soir, sa journée commençait. Il aimait travailler lorsque la grande cité commençait à s'endormir ; dans une énorme maison de la banlieue nord de Londres, il avait accumulé quantité de vases, de statues, de stèles et de fragments d'œuvres anciennes provenant des quatre coins de la planète. Passionné par l'antiquité, il parlait de nombreuses langues et lisait des types d'écriture peu accessibles ; depuis un an, il étudiait les hiéroglyphes égyptiens et ne tarissait pas d'admiration pour cette langue sacrée.

Mac Cullough appartenait au cercle très étroit des amis de Higgins qui, officiellement, se réunissaient dans le cadre d'un très sérieux club d'archéologie où l'on ne dégustait pas que des tessons de poterie ; entre eux, la formule « à la vie, à la mort » avait vraiment un sens. L'ex-inspecteur-chef savait que, dans ce cercle minuscule, ne figuraient ni lâches ni menteurs, et que le serment d'entraide ne serait pas violé.

L'Écossais crut entendre la sonnette ; il se vêtit

d'une robe de chambre en laine des Highlands et alla ouvrir.

— Higgins et Marlow ! Par le monstre du loch Ness, êtes-vous encore sur le sentier de la guerre ?

— Je le crains, répondit l'ex-inspecteur-chef.

— Un crime bien mystérieux, comme je les aime ?

— Il ne devrait pas te décevoir.

— Tu me raconteras toute l'affaire en détail... mais pas avant d'avoir goûté mon pudding à la banane, au cacao amer et à l'alcool de rose. Vous avez de la chance : je l'ai terminé hier.

Depuis son adolescence, Malcolm Mac Cullough se prenait pour un grand pâtissier ; malgré les avis de ses condisciples de Cambridge, il s'était obstiné dans cette voie et continuait à agresser le foie de ses meilleurs amis avec des gâteaux qu'aucune commission sanitaire n'aurait jugés comestibles. Il fallait malheureusement en passer par là avant d'aborder les choses sérieuses. Par bonheur, Mac Cullough servait un délicieux café qui facilitait la digestion.

— Quel est ton problème, Higgins ?

— Ceci.

L'ex-inspecteur-chef montra à son ami plusieurs dessins très précis de l'instrument de musique posé sur le bureau de l'astrologue.

— Très joli... j'ai vendu ce type de flûte voici trois ou quatre ans. Attends une seconde.

Malcolm Mac Cullough déplaça les cinq volumes d'un dictionnaire de numismatique, trois in-folio consacrés à l'héraldique, une grammaire d'akkadien et, d'une main très sûre, pêcha dans un rayonnage médian

de sa gigantesque bibliothèque un opuscule consacré aux flûtes asiatiques.

Il le feuilleta d'un doigt habile.

— La voilà, ta flûte !

Le dessin de l'ethnologue était sommaire, mais impossible de s'y tromper.

— De quoi s'agit-il exactement ?

— D'une flûte cérémonielle utilisée au Siam voilà bien longtemps ; ce type-là a disparu et vaut une petite fortune.

— Usage religieux ?

— Plutôt seigneurial.

— Une légende parle-t-elle de l'instrument ?

— Pas à ma connaissance ; c'était un cadeau destiné à un hôte de marque, même s'il n'était pas musicien. C'est pourquoi les sculpteurs l'ornaient selon leur fantaisie. La plupart du temps, ces flûtes-là présentent une particularité assez remarquable.

— Laquelle ?

— Elles sont taillées dans un os humain.

***

Higgins jugea plus prudent de ne pas se rendre chez le colonel Sir Arthur Mac Crombie, autre ami indéfectible dont la cuisinière galloise était spécialisée dans les plats en sauce ; après le pudding de Mac Cullough, il ne se sentait pas capable d'affronter une cuisse de sanglier marinée et deux autres plats du même acabit. Pour une fois, le téléphone lui parut plutôt salvateur.

— Higgins ! Ce vieux brigand... je t'attends pour dîner, quand ton enquête sera terminée.

La voix rauque et autoritaire du colonel avait déchiré un nombre considérable de tympans pendant la dernière guerre, qu'il connaissait mieux que personne. Son service d'archives, de fiches et de dossiers demeurait sans égal ; rien de ce qui concernait l'armée ne lui était étranger. Pour le colonel, qui ne faisait pas une carrière militaire était un anarchiste. Le Yard trouvait à peine grâce à ses yeux.

— Qu'est-ce que tu veux savoir, vieille canaille ?

Higgins redoutait que le colonel distillât l'une de ses blagues salaces qui avait fait rougir un général d'active, après trente ans de carrière et une attaque suicide d'un bataillon allemand, dont il était sorti indemne ; mais Mac Crombie semblait être dans de bonnes dispositions.

— J'ai ici une sorte de décoration.

— C'est une décoration ou ce n'en est pas une ! Décris-la.

Higgins s'exécuta, en donnant tous les détails avec précision.

— L'ordre de l'éléphant, répondit le colonel ; c'était siamois, et plus honorifique que militaire. On pouvait l'accorder à des civils, et même à des étrangers qui avaient rendu service au pays. Tâche de trouver mieux, la prochaine fois.

***

Minuit sonna à Big Ben.

La vieille Bentley avait envie d'aller se coucher.

— Demain, rappela Higgins, nous serons mercredi.

— Est-ce si inquiétant ?

— J'éprouve une sensation désagréable depuis le début de l'enquête, confia l'ex-inspecteur-chef. Et n'oubliez pas cette pendule cachée qui donne l'heure d'une mort.

— Nous avançons, ne trouvez-vous pas ?

— Certes. Mais avançons-nous assez vite ?

Marlow n'osa pas demander à Higgins où il logeait : habitait-il chez un ami... ou une amie ? Au Yard, sans jamais pouvoir le prouver, on murmurait que le charme de l'inspecteur avait souvent agi.

— Où dois-je vous déposer ?

— Ici même ; je vais marcher un peu. C'est excellent pour la réflexion.

— Demain matin, à mon bureau ?

— À huit heures ; n'oubliez pas de vérifier les dates, lieux et heures de naissance de nos interlocuteurs.

— Soyez sans crainte, Higgins.

CHAPITRE XII

Montfort Leamington possédait deux immeubles dans Wood Street, dans le quartier de Cheapside, au cœur de Londres, où se tenait un marché médiéval fort animé qui avait cédé la place à de nombreux commerces.

Une aimable secrétaire conduisit Higgins et Marlow jusqu'au bureau du grand patron, bourgeoisement installé dans un cadre des plus confortables. Fauteuils de cuir, meubles en acajou, moquette gris perle donnaient une impression d'aisance et de respectabilité.

Plutôt enveloppé, vêtu d'un classique costume trois pièces bleu sombre, les cheveux grisonnants, Montfort Leamington ressemblait un peu à Orson Welles, sans être obèse. Il quitta son siège directorial et, chaleureux, vint à la rencontre des deux policiers.

— Soyez les bienvenus, messieurs ; ma secrétaire vous apporte un café et des brioches. À cette heure matinale, il n'est pas encore trop tard. Venez dans le salon d'honneur, nous y serons plus à l'aise pour discuter.

Le salon d'honneur était décoré d'une longue

fresque où étaient évoqués les richesses des cinq continents, les races humaines, les voyages aux longs cours et les découvertes des grands explorateurs.

— Splendide, n'est-ce pas ? Je dois cette œuvre d'art à un peintre japonais. S'asseoir dans des canapés thaïlandais et prendre le petit déjeuner dans un service chinois : le monde n'est-il pas merveilleux ?

La voix de Montfort Leamington était chaude et sympathique ; il semblait être heureux de recevoir les hommes du Yard.

— Ça ne vous dérange pas, si je fume une première pipe ? J'ai choisi un mélange de tabacs exotiques si doux qu'il n'incommode pas.

Leamington s'enfonça dans un fauteuil avec un plaisir évident ; bien calé, à l'aise, heureux de vivre, il paraissait nullement préoccupé.

— Votre visite a-t-elle un rapport avec mes affaires ? Superintendant Marlow et inspecteur Higgins... la délégation est impressionnante !

— En quoi consiste votre activité ? demanda Higgins.

— Je préside une assez grosse société d'import-export qui fait des affaires dans les pays du Commonwealth.

— Êtes-vous en relation avec la Couronne ? interrogea Marlow, anxieux.

— De temps à autre ; je ne rate jamais une occasion de servir mon pays et de propager la gloire de Sa Majesté. De ces fenêtres, messieurs, j'entends les cloches de St. Mary le Bow, c'est la preuve que je suis un véritable Londonien. Je suis né ici et, malgré mes nombreux voyages, j'espère y mourir. Mais vous n'avez pas satisfait ma curiosité.

— Nous enquêtons sur un meurtre, indiqua Higgins.

La jovialité naturelle de Montfort Leamington fut assombrie.

— Un membre de mon personnel ?

— L'astrologue Junctin Ampton.

Le négociant se redressa en s'agrippant aux accoudoirs du fauteuil.

— Junctin... c'est incroyable !

— Vous le connaissiez bien ?

— C'était mon astrologue et le meilleur de mes conseillers ; son aptitude à déchiffrer l'avenir était stupéfiante. Grâce à lui, j'ai signé de magnifiques contrats et réalisé des bénéfices inattendus. J'ai du mal à vous croire, messieurs. Qui a pu commettre un tel acte ?

— C'est la question que nous nous posons.

Le café et les brioches détendirent l'atmosphère ; leur moelleux n'avait rien de comparable avec celui de la cantine du Yard.

— Où vous trouviez-vous, lundi soir ?

— J'ai passé le dimanche et le lundi soir dans ma ferme du Sussex où j'élève des chevaux.

— Seriez-vous cavalier ?

— Pas le moins du monde ! Une tradition de ce coin de campagne que j'ai respectée.

— Êtes-vous rentré à Londres dans la soirée ?

— Vers vingt heures, je crois ; à cause d'un certain nombre de dossiers en retard, je me suis enfermé dans mon bureau jusqu'à minuit.

— Bien entendu, vous connaissez votre thème astrologique, suggéra Higgins.

— Junctin Ampton me l'a montré, bien que je ne m'intéresse guère à la technique ; je me souviens de mon degré d'ascendant : vingt et un degrés du Bélier, avec Jupiter à proximité.

Higgins se leva et fit quelques pas.

— Êtes-vous musicien, M. Leamington ?

— Je n'ai guère le loisir, inspecteur.

— Êtes-vous marié ?

— Même réponse, dit le négociant en souriant ; quant à la bagatelle, c'est un luxe que seuls les désœuvrés peuvent s'offrir.

L'ex-inspecteur-chef s'arrêta devant un tableau chargé de décorations.

— Vos distinctions ?

— Des souvenirs de voyages ; babioles sans importance. Mes collaborateurs tiennent à ce que je les expose.

Marlow fixait les poignets de Montfort Leamington ; par moments, ses manches de chemise dépassaient. Il constata que l'imposant personnage ne portait pas de boutons de manchette.

— Ce crime est tout à fait incompréhensible, jugea le négociant ; mon ami Junctin était un personnage délicieux, d'une éducation parfaite, qui vivait en ermite. Un sage des temps modernes.

— Se sentait-il menacé ? demanda Marlow.

Leamington réfléchit, en tirant sur sa pipe.

— Junctin était un homme plutôt secret, mais s'il s'était cru en danger, il m'en aurait probablement parlé ; nous sympathisions, lui et moi. Comment pourrais-je vous aider à établir la vérité, messieurs ?

— Rassemblez vos souvenirs, recommanda Higgins ; un détail insignifiant pourrait nous être utile.

— Nous devrions donc nous revoir.

— C'est inévitable.

— Eh bien, tant mieux ! Nous ferons plus ample connaissance.

Montfort Leamington se leva.

— Un petit détail m'a gêné, je l'avoue ; en m'interrogeant sur mon emploi du temps, j'ai eu le sentiment que vous me soupçonniez.

— C'est exact, reconnut Higgins ; au même titre que les autres clients de l'astrologue.

— En ce cas, je ne jouis d'aucun privilège !

***

La vieille Bentley sortit de Londres par le nord-ouest et se dirigea vers la campagne ; il lui faudrait rouler une cinquantaine de *miles* pour atteindre le domaine de Langsam.

— Ce Leamington est trop jovial pour être honnête, estima Marlow.

— Il n'est pas musicien, précisa Higgins, ne semble pas sentimental et ne porte pas de boutons de manchette comme vous l'avez vous-même observé.

— Il est lié plus ou moins directement à la Couronne, rappela le superintendant, et surtout, il aime les décorations.

— Vous songez à l'éléphant... pourquoi pas ?

— Trop facile, à votre avis ?

— Peut-être pas.

Le domaine de Langsam se cachait derrière de hauts murs de pierre grise. Une pluie battante fit chanter les tôles de la Bentley au moment où elle se présentait devant la grille d'entrée. Protégé par son *Tielocken*, le seul imperméable capable de résister à toutes les bourrasques, Higgins sonna la cloche.

Un domestique, portant haut un vaste parapluie, vint ouvrir.

— Sir Henry vous attend, messieurs.

CHAPITRE XIII

Le domaine de Langsam était franchement sinistre. Le parc, assez étriqué, manquait d'allure : la pelouse était piétinée à plusieurs endroits et la plupart des hêtres semblaient atteints d'une sorte de rouille. La bâtisse centrale, grise et délabrée, n'était guère hospitalière.

— Sir Henry est aux écuries, indiqua le serviteur ; si ces messieurs veulent bien se donner la peine de contourner la maison et descendre l'escalier. De mon côté, je dois préparer le déjeuner.

L'arrière de la demeure n'offrait pas un aspect plus engageant que le reste du domaine ; un escalier moussu et dangereux conduisait à une série de boxes à chevaux. Un homme âgé, coiffé d'un chapeau noir, vêtu d'un gilet gris et d'un pantalon rayé, tirait par la bride un cheval fougueux.

L'animal était si rétif que le dresseur dut utiliser une plate-longe, pièce des harnais des chevaux attelés qui les empêchait de ruer. Lorsque le calme fut obtenu, Marlow s'approcha.

— Pardon, mon brave... pourriez-vous nous indiquer où se trouve Sir Henry ?

— Je suis Sir Henry.

Le ton fut aussi glacial que le regard. L'aristocrate, longiligne et maigre, avait un visage ingrat, sans être laid. Les traits semblaient taillés à la serpe ; un grand front dominait l'ensemble. Les mains étaient déformées par l'arthrite, les gestes lents. À cinquante-neuf ans, Sir Henry Bridgewood faisait beaucoup plus vieux que son âge.

— Pourrions-nous vous parler quelques instants ? Je suis le superintendant Marlow et voici l'inspecteur Higgins.

— Vous me dérangez.

— Il s'agit d'une enquête criminelle, Sir.

— Mon emploi du temps est très strict, allez m'attendre dans le petit salon, à droite en entrant.

Sir Henry se désintéressa de ses hôtes et raccourcit les étrivières, courroies par lesquelles les étriers sont suspendus à la selle.

Le superintendant ne savait trop sur quel pied danser ; il avait fort envie de réagir, mais craignait que ce personnage rébarbatif ne fît partie de l'establishment, mystérieuse institution britannique regroupant de manière informelle les personnalités influentes du royaume.

Le petit salon était une pièce minuscule et sinistre, pourvue de quatre fauteuils plutôt délabrés. Murs nus, parquet grinçant et fenêtres étroites ne composaient pas le plus charmant des décors. Scott Marlow frissonna ; aucun chauffage n'avait été prévu et malgré la saison, la température ne devait pas dépasser les dix degrés.

On ne leur offrit ni café, ni apéritif. Au bout d'une demi-heure, Marlow trépigna.

— Personne n'a le droit de traiter Scotland Yard de la sorte, je vais...

En sortant du petit salon, le superintendant se heurta à Sir Henry.

— Vous êtes bien impatient, jeune homme ; c'est un grave défaut, chez un policier.

Une nouvelle fois, Marlow ne sut que répondre ; il ne parvenait pas à prendre la mesure de cet homme au self-control réfrigérant.

Sir Henry s'assit dans un fauteuil sans provoquer le moindre bruit ; Scott Marlow, en l'imitant, fit grincer le siège. À cet instant, il regretta de n'être point léger comme une plume. Higgins demeura debout et ouvrit son carnet noir.

— Votre astrologue, Junctin Ampton, a été assassiné, déclara l'ex-inspecteur-chef.

— Regrettable.

— Le consultiez-vous souvent ?

— Quand nécessaire.

— Étiez-vous satisfait de ses services ?

— Oui.

— Ce décès vous contrarie-t-il ?

— Oui.

— Junctin Ampton vous avait-il fait part d'inquiétudes ou de menaces ?

— Non ; nos entretiens restaient strictement professionnels.

Higgins posa la question que redoutait le superintendant ; comment réagirait-il ?

— Où vous trouviez-vous, lundi soir ?

— En forêt, non loin de Balmoral.

— Étrange activité.

— Pas pour moi, je suis chargé de veiller sur le bon état des forêts de la Couronne. Mes prédécesseurs considéraient cette charge comme purement honorifique, ce n'est pas mon cas. Je fais de fréquentes inspections, en toute saison, à toute heure du jour ou de la nuit. J'observe ainsi quantité d'animaux et surprends les braconniers.

— N'est-ce pas dangereux ?

— Si j'avais eu peur, j'aurais refusé ce poste.

— Vous êtes-vous intéressé aux particularités de votre thème astrologique ?

— Je l'ai moi-même dressé afin de vérifier les calculs de mon astrologue ; s'ils avaient été erronés, il ne m'aurait jamais revu.

— Serait-il indiscret de demander votre ascendant ?

— C'est une donnée scientifique : six degrés du Cancer, avec Saturne conjoint.

Henry Bridgewood donna spontanément lieu, heure et date de naissance.

— Êtes-vous éleveur de chevaux ?

— Je n'éprouve aucune attirance pour ces équidés plutôt stupides, mais je dois tout vérifier, qu'il s'agisse des écuries, du parc ou de la maison. Quand vous serez parti, je me transformerai en maçon et, demain, en jardinier. C'est ainsi, à notre époque : les ouvriers consciencieux et compétents font cruellement défaut. La tradition se perd davantage chaque jour. Mondanités, luxe inutile, tape-à-l'œil, voilà nos valeurs... comme je n'aime que le travail bien fait, je suis souvent obligé de le faire moi-même. Un pays n'est équilibré et serein que s'il respecte son passé et ses coutumes ; lorsqu'il sacrifie à la mode, il entre en décadence.

Marlow jugea Sir Henry un peu plus sympathique ; avec de telles pensées, en effet, on pourrait songer à reconstruire l'empire.

— Vous devez être un fervent partisan de la monarchie ?

— La question ne se pose même pas, superintendant ; le monde entier envie, à juste titre, notre monarchie. Sans elle, le nazisme aurait vaincu. Elle est notre plus grande richesse.

Higgins dessinait le petit salon sur une page de son carnet noir ; l'œil sévère de son hôte se posa sur lui.

— Vous possédez une belle qualité, inspecteur : votre crayon noir. Il est parfaitement conforme à la tradition et ne porte aucune marque publicitaire stupide ; vous le taillez vous-même avec soin et devez écrire de manière régulière et sans nervosité. Vous voudrez bien m'excuser, messieurs, j'ai à faire.

***

La Bentley roulait doucement : elle se faufilait entre les flaques d'eau et négociait en souplesse les nombreux virages de la petite route de campagne qui la ramenait vers Londres.

— Je me suis rarement senti aussi mal à l'aise, avoua Marlow : quel odieux personnage !

— Il a un lien direct avec la famille royale.

— Rien de rassurant, je vous le concède... pour le

reste, néant ! Ce n'est pas le genre d'homme à laisser traîner de l'argent, à porter des boutons de manchette en or, à aimer les décorations, à vivre une folle passion, à boire du vin coûteux ou à jouer de la flûte.

— En apparence, vous avez raison ; mais nombreux sont les assassins doués pour la comédie. Et puis, vous oubliez le parapluie.

— Quel parapluie ?

— Celui qu'arborait le domestique venu nous ouvrir : démodé, en mauvais état, rongé par la pluie et le vent.

— Je ne le retiendrai pas comme indice, Higgins : tout le domaine est dans cet état-là.

CHAPITRE XIV

Regent's Canal était un des endroits les plus charmants et les plus romantiques de Londres ; naguère, le canal reliait la capitale à Liverpool. Aujourd'hui, il était encore possible de s'y promener en barque ou de flâner en parcourant lentement l'ancien chemin de halage. Little Venice ne volait pas son nom ; on avait effectivement l'impression de sortir de la ville pour entrer dans un univers aquatique, bordé d'arbres et de demeures plus ou moins délabrées, mais emplies de rêves d'un autre âge.

Marlow regarda sa montre : seize heures trente, déjà. La petite excursion à la campagne avait dévoré une bonne partie de ce mercredi.

Linda Halmond habitait dans une vieille maison de trois étages, peinte en jaune clair, masquée par un grand saule pleureur dont les branches plongeaient nonchalamment dans l'eau du canal. Les fenêtres à petits carreaux s'y reflétaient, fragile image d'une douceur de vivre menacée.

Comme personne ne répondit à leur appel, les deux policiers poussèrent la porte d'entrée. La demeure, aux murs bleu pastel, semblait vide ; un paisible silence, agrémenté du parfum de fleurs printanières, y régnait. Higgins et Marlow empruntèrent un escalier en colimaçon et débouchèrent sur une terrasse fleurie où une jeune femme endormie et alanguie goûtait le soleil, brusquement réapparu.

Linda Halmond était âgée d'une trentaine d'années ; les cheveux noirs, le teint très clair, le visage enfantin et délicat, elle portait un corsage blanc largement décolleté, une veste violette aux manches relevées, un pantalon en soie rose s'arrêtant au-dessus du genou, et des ballerines. Il était difficile d'imaginer scène plus charmante.

Higgins toussota.

La dormeuse, percevant une présence, se tourna sur son côté gauche et s'éveilla.

— Mais qui êtes-vous ?

— Ne soyez pas inquiète, mademoiselle ; je suis l'inspecteur Higgins et voici le superintendant Marlow.

— Scotland Yard, chez moi ?

— Ne devriez-vous pas fermer votre porte d'entrée ?

Linda Halmond se redressa sur sa chaise longue.

— On me l'a déjà recommandé... mais j'aime trop la liberté. Que signifie votre visite ?

Elle avait une voix douce, presque langoureuse, que l'on écoutait avec ravissement.

— Nous sommes porteurs d'une mauvaise nouvelle, déplora l'ex-inspecteur-chef.

Les jolis yeux gris de Linda Halmond se troublèrent.

— Qu'est-il arrivé ?

— Junctin Ampton est mort.

— Mon astrologue ! Comment... comment est-ce possible ?

Elle porta les mains à son cou, comme une petite fille désemparée.

— Nous recherchons l'assassin et nous le trouverons, affirma Marlow.

— Quelle tragédie... Junctin était le plus doux des êtres, le plus compréhensif, le plus serviable... En sa compagnie, je me sentais rassurée et calme. Il apaisait mes angoisses et me conseillait comme un père. Comment vivre, sans lui ?

Machinalement, elle ôta une boucle d'oreille en argent et la frotta entre ses doigts.

— Rien ne laissait prévoir ce drame, avança Higgins.

— Vraiment rien, inspecteur ; quand s'est-il produit ?

— Lundi soir.

— Lundi soir... et dire que je me trouvais au fond de mon lit, avec la grippe ! Peut-être aurais-je pu l'aider.

— Je ne vois pas comment.

Elle se leva, légère et charmeuse. À la taille, une merveilleuse ceinture en cuir repoussé avec des rosettes en argent massif.

— Je suis bouleversée... je suppose que je devrais vous offrir quelque chose, mais je me sens perdue, comme orpheline.

— Quel est votre ascendant ?

— Taureau, quinze degrés, avec la lune conjointe.

— Pourriez-vous m'écrire vos coordonnées de naissance ?

Higgins tendit son carnet noir.

La jeune femme fut réticente.

— Faites-vous une analyse graphologique ?

— Nous ne nous privons d'aucun moyen d'investigation.

De sa grosse écriture ronde, elle indiqua ses lieu, date et heure de naissance.

— Quelle est votre profession, mademoiselle ?

— J'organise les voyages de hautes personnalités ; partir à l'étranger est toujours un souci que je fais disparaître. À moi de faciliter les déplacements, de réserver les hôtels, de prévoir les distractions et d'écarter les journalistes ou autres importuns.

— Comptez-vous des membres de la famille royale parmi vos clients ? demanda Marlow.

— Ce sont mes principaux clients, déclara la jeune femme avec fierté. Je fais beaucoup d'envieux, il est vrai ; à moi de ne provoquer aucun incident et de procurer un service impeccable. Junctin Ampton m'aidait beaucoup.

— De quelle manière ? interrogea Higgins.

— Il faut se déplacer, surtout lors de son anniversaire, en harmonie avec les astres ; lui seul était capable de m'indiquer les bonnes destinations. À moi, ensuite, de convaincre les voyageurs.

— C'est de la sorcellerie ! s'exclama Marlow.

— Pas du tout, rétorqua Linda Halmond, une simple technique qui exige de l'intuition et du savoir-faire.

— Vos honoraires doivent être élevés.

— Ils sont justifiés ; je mène une existence agréable, mais ne jette pas l'argent par les fenêtres.

Elle réajusta sa magnifique ceinture qui avait tendance à glisser.

— Puis-je vous offrir un verre ? Je n'ai que des jus de fruits, car je ne bois pas d'alcool.

Marlow se contenta d'un jus de raisin ; Higgins apprécia une citronnade.

— Suivez-vous déjà une piste précise ?

— L'enquête ne fait que commencer, mademoiselle.

— Junctin Ampton était un homme dangereux, dit-elle avec gravité.

— Pour quelle raison ? demanda Higgins.

— Il voyait trop clair dans le jeu des êtres et dans leur destinée.

— Vous avait-il fait des confidences ?

— Ce n'était pas son style.

— Soupçonneriez-vous quelqu'un, mademoiselle ?

— N'exigez pas un mot de plus, inspecteur, et ne cherchez pas à percer des mystères inaccessibles à mon esprit de femme.

⁂

La vieille Bentley fut immobilisée dans un gigantesque embouteillage provoqué par la pluie et deux accidents. Les deux policiers remirent au lendemain l'interrogatoire des trois dernières personnes figurant sur la liste.

— Qu'a-t-elle voulu dire avec ses « mystères inaccessibles » ?

— Je l'ignore, mon cher Marlow ; cette jeune femme est elle-même très mystérieuse.

— C'est la première qui évoque le danger incarné par l'astrologue.

— À juste titre, me semble-t-il.

— Elle ne boit pas de vin, ne porte pas de bas, n'abandonnerait pas une belle somme d'argent n'importe où, mais est en relation d'affaires avec les membres de la famille royale.

— Son écriture n'est pas celle de la lettre de rupture.

— On jurerait qu'elle en sait beaucoup et qu'elle veut nous mettre sur une piste sans s'impliquer.

— C'est bien possible. Et demain, nous sommes jeudi.

CHAPITRE XV

Un brouillard poisseux, plutôt inhabituel en mai, avait envahi la capitale. Fleet Street, que l'on qualifiait volontiers de « rue de la presse », n'échappait pas à ce smog dans lequel s'enfoncèrent bravement Higgins et Marlow. Ils trouvèrent avec quelque peine l'immeuble du journal où travaillait Jack Walks. On leur indiqua son bureau où ils attendirent un petit quart d'heure l'arrivée du journaliste, un homme de taille moyenne, rapide et nerveux ; le front couvert de taches de rousseur, les yeux sans cesse mobiles, les lèvres minces, il faisait beaucoup plus jeune que ses quarante ans. Vêtu d'un costume à la mode aux couleurs criantes, il alluma une cigarette à celle qu'il venait de fumer.

— Vous êtes qui, vous ? demanda-t-il en se précipitant dans son fauteuil. Une seconde, je dois téléphoner... le scoop de l'année, c'est ça ? Je marche, ça dépend du prix. Bon sang ! Occupé... les gens passent leur temps à bavarder.

— Scotland Yard, dit Higgins avec le plus grand calme.

Jack Walks pencha la tête en arrière.

— Oh non, pas ça ! Encore une plainte d'une de ces vieilles duchesses qui n'a pas aimé ma prose ! Je les gâte, pourtant.

— C'est plus grave.

Les yeux inquisiteurs se posèrent sur Higgins.

— Ah bon... vous êtes un flic important ?

— Voici le superintendant Marlow ; je suis l'inspecteur Higgins.

— Attendez voir...

Walks fouilla dans le tiroir de son bureau où régnait un indescriptible désordre ; il en expulsa des stylos hors d'état de fonctionner, des gommes tachées d'encre, quelques dossiers périmés et s'enthousiasma en exhumant une fiche couverte d'une écriture illisible.

— Voilà, c'est vous ! Et vous n'êtes pas n'importe qui... superintendant Marlow, l'un des meilleurs spécialistes des affaires criminelles ! L'inspecteur Higgins est moins facile à repérer, mais j'ai ici quelques indices laissant à penser qu'il a dû jouer un rôle déterminant lors de l'identification de criminels chevronnés.

— Vos investigations sont-elles terminées ? demanda Marlow, irrité.

— Jamais, superintendant, jamais ! Un journaliste qui cesse ses investigations n'existe plus ! Moi, avec ma spécialité, je n'ai pas une seconde de repos.

— De quoi vous occupez-vous ?

— De la famille royale ; je traque les ragots, les potins, les bruits les plus infimes et j'en informe mes lecteurs qui ne sont jamais rassasiés.

Un tic secoua la paupière gauche de Jack Walks ; tout en mâchant l'extrémité d'un crayon, il décrocha le téléphone.

— Vous devriez nous accorder davantage d'attention, recommanda Higgins ; nous devons vous parler d'un meurtre.

Le journaliste se calma un peu.

— Je n'ai tué personne ; ce n'est pas du tout mon genre ! Moi, je m'occupe de mariages, d'amourettes, de divorces, d'intrigues, de...

— Où vous trouviez-vous, lundi soir ?

— Moi ? Je ne m'en souviens plus... à quelle heure ?

— Entre vingt et une heures et vingt-trois heures.

— J'ai dû traîner dans les pubs... On y rencontre des gens intéressants. Sans informateurs, je ne pourrais pas rédiger un article. Mais votre question, là... vous me soupçonnez ?

— Pourquoi pas ?

Walks blémit.

— Qu'est-ce qui se passe... je rêve, c'est un cauchemar !

— Calmez-vous, conseilla Higgins.

— Qui a été tué ?

— Junctin Ampton, répondit Marlow.

— Connais pas.

— Allons, M. Walks ; ce mensonge est grossier et inutile.

Le journaliste baissa la tête.

— Bon, d'accord... c'était mon astrologue. Un homme formidable... grâce à lui, et même si ses consultations n'étaient pas données, je commençais à faire de meilleurs investissements.

— Des difficultés financières ?

— De temps à autre, mais je m'en sors. Dans mon métier, il faut savoir s'adapter.

— Vous n'étiez donc pas au courant de la mort de M. Ampton ?

Jack Walks se leva et tapa du poing sur une affiche qui décorait son bureau.

— Non, et c'est honteux ! Moi, battu sur le terrain de l'information... ridicule. Dites-moi le nom de l'assassin ; je suis sûr que vous le connaissez déjà.

— Désolé de vous décevoir.

— Vous pouvez me rayer de la liste des suspects ; un coup comme ça, et je perds mon job !

— Êtes-vous musicien ?

— J'ai fait des claquettes quand j'étais petit. Mon expérience artistique s'est limitée là.

— Marié, M. Walks ?

Le journaliste éclata de rire.

— C'est la meilleure plaisanterie de la semaine ! Une femme de-ci, de-là, mais le mariage ! Celle qui me ligotera n'est pas encore née.

— Je suppose que vous avez une hypothèse à émettre, suggéra Higgins.

— Une erreur. Assassiner Junctin Ampton n'a aucun sens.

— On tue rarement par erreur, observa Marlow, courroucé.

— Eh bien, c'est un cas rare, ironisa le journaliste.

— Connaissez-vous votre ascendant ? interrogea Higgins.

— Cinq degrés du Capricorne, et Mercure qui se lève ; excellent pour parler, rédiger, bouger, bref, tout ce qui me convient. J'ai aussi de l'ambition et je réussirai ; bien sûr, cela exige beaucoup d'efforts, mais j'en suis capable.

— Nous vous le souhaitons.

Walks se rassit et posa les pieds sur son bureau.

— Ce meurtre... j'ai le droit d'en parler ?

— Je ne vous le conseille pas, dit le superintendant, outré.

— Dommage, ça m'aurait fait un petit article, à condition que vous me donniez quelques informations de première main.

— Vous ne semblez pas comprendre ! Un assassinat a été commis, et vous figurez sur la liste des suspects.

— Qui vous a donné cette liste ?

— Ne dépassez pas les bornes, M. Walks.

— Vous n'allez quand même pas inventer des preuves pour vous offrir un coupable au rabais ?

— J'ai envie de vous inculper pour insulte à un représentant de Scotland Yard.

Le téléphone sonna ; le journaliste décrocha.

— C'est moi, oui... d'accord, j'arrive. Navré, messieurs ; on m'appelle à la rédaction.

***

— Un menteur, un affabulateur et un anarchiste ! Et ce petit monsieur ose s'occuper de la famille royale... Nous vivons dans une époque misérable, Higgins.

L'ex-inspecteur-chef laissa passer l'orage.

— Malheureusement, pas grand-chose à retenir contre lui.

— S'il est assassin, il a brouillé toutes les pistes.
— Toutes... ne soyez pas si pessimiste, mon cher Marlow.

CHAPITRE XVI

L'hôtel particulier de Balthazar Link donnait sur la plus belle partie de Hyde Park ; il résistait à l'envahissement de tours modernes qui tentaient de dévorer cet endroit privilégié où, naguère, les milliardaires aimaient résider.

D'après le dossier que Marlow venait de relire, Balthazar Link devait appartenir à l'establishment ; patron d'une maison de haute couture, il passait pour l'un des hommes les plus élégants d'Angleterre. Deux Rolls, trois voitures de course, une armée de serviteurs, un cuisinier réputé à demeure, une villa sur la Riviera italienne étaient quelques signes apparents de sa richesse.

Dans la grande façade blanche s'ouvraient de larges fenêtres qui donnaient à la maison de Link une allure de château ; le superintendant hésita.

— Le poisson n'est-il pas un peu trop gros, Higgins ?

— Vous n'êtes pas homme à reculer, mon cher Marlow ; Link figure sur la liste.

— Vous avez raison.

Les deux policiers subirent un long cérémonial : portier, valet de pied, maître d'hôtel et, enfin, l'immense bureau de Balthazar Link où trônait un homme d'une cinquantaine d'années qui avait l'allure d'un grand seigneur de la Renaissance. Les cheveux argentés, le front large, le sourire froid, un léger dédain dans les yeux bleu sombre, il portait un costume croisé gris anthracite d'une classe incomparable. Chemise blanche à rayures bleues, pochette bouffante à pois bleus, cravate noire à pois blancs étaient autant de détails raffinés qui ajoutaient à la prestance du personnage.

Le bureau était une symphonie de marbres de couleur, de dorures et de boiseries ; à la fois rayonnant et somptueux, ce décor éblouissait les visiteurs qui avaient la chance de le contempler. On se sentait si écrasé par tant de magnificence que le maître des lieux n'avait guère de peine à conclure des contrats à son avantage.

Higgins, qui avait connu les palais des maharadjahs et ceux des émirs, garda son calme. Balthazar Link jeta un œil critique sur l'accoutrement de Marlow et plutôt bienveillant sur le costume de son collègue.

— C'est la première fois que j'ai le plaisir de recevoir chez moi la police de Sa Majesté, déclara Link, non sans emphase. Que me vaut ce privilège, messieurs ?

— Un assassinat, répondit Higgins, après avoir fait les présentations.

— C'est extrêmement déplaisant, inspecteur ; de quelle manière suis-je concerné ?

La voix était posée, le port de tête altier, le geste auguste : rien ne devait émouvoir ce grand patron.

— Junctin Ampton n'était-il pas votre astrologue ?

— Je ne le nie pas ; c'est un homme d'une extrême qualité dont je me porte garant.

— C'est lui, la victime.

Balthazar Link demeura impassible.

— Pourquoi l'a-t-on assassiné ?

— Nous l'ignorons.

— La mort est horrible, messieurs ; le meurtre, plus encore.

Marlow fixait les poignets de Link ; sans nul doute, il aimait les boutons de manchette en or.

— Votre astrologue était-il de bon conseil ? demanda Higgins.

— Excellent. Voyez-vous, inspecteur, mon ascendant se trouve à douze degrés du Lion et il est illuminé par le Soleil ; c'est un puissant facteur de chance, certes, mais le développement d'une grande entreprise exige aussi des conseillers. Junctin Ampton faisait partie de ceux-là : je n'ai eu qu'à me louer de ses avis.

Sur la plaque de granit noir d'Assouan qui servait de bureau, Higgins nota la présence d'une large bande de tissu doré.

— Un souvenir ?

— En effet, inspecteur ; elle me rappelle ma première affaire rentable et le triomphe de ma première collection.

— Nous sommes contraints, le superintendant et moi-même, de vous poser quelques questions délicates ; j'espère que vous ne vous en offusquerez pas ?

— Accomplissez votre devoir.

— J'aimerais connaître votre emploi du temps de lundi soir.

— C'est fort simple et je m'en souviens très bien ; j'ai quitté mon bureau vers vingt heures et je suis monté à mon appartement. Comme je ne suis pas marié, je peux encore m'octroyer quelques soirées solitaires et tranquilles. Jusqu'à onze heures, j'ai écouté du Haendel et du Purcell, un verre de cognac à la main, en songeant à quelques grandes cérémonies du passé comme cette belle journée de 1851 où neuf carosses sortirent de Buckingham Palace pour se diriger vers Hyde Park ; dans l'un d'eux la reine Victoria, vêtue de rose, venant inaugurer la première Exposition Universelle au son des trompettes et de deux cents orgues accompagnant une chorale de six cents exécutants.

Marlow écoutait Balthazar Link avec ravissement.

— Avez-vous habillé des membres de la famille royale ? demanda-t-il.

— Ils ont apprécié certains de mes modèles, en effet. La Couronne m'a surtout fait l'honneur de me consulter à propos de l'histoire de l'étiquette et du protocole. J'ai accumulé quantité de documents qui, en certaines circonstances, peuvent lever des doutes.

— Vous êtes une sorte de conseiller occulte.

— Si vous voulez, superintendant, quoique je n'aie rien à cacher ; tout ce qui va dans le sens de la splendeur me ravit. Les hommes devraient comprendre que, pour le printemps et l'été, six costumes au moins sont nécessaires, dont un en lin ; huit sont indispensables pour l'automne et l'hiver, dont au moins un flanelle et un tweed. Sans ces données de base, nous basculons dans la vulgarité.

— La difficulté, estima Higgins, réside dans les accessoires ; le port des décorations, par exemple.

— Hors de question de défigurer un costume avec ce genre de colifichets ! Je suis pour la pureté de l'œuvre, la vérité du tissu et la noblesse de la coupe. L'élégance est une vocation qui ne supporte pas les compromis ; nous devons lutter pour maintenir la qualité et le bon goût : ils nous éloignent des turpitudes et de la bassesse.

— Junctin Ampton n'était pas un grand amateur de mode.

— Il avait sa mode à lui, inspecteur ; j'aimais beaucoup le raffinement dépouillé de son unique costume, qu'il possédait en de nombreux exemplaires. Il faut avoir une personnalité exceptionnelle pour relever un tel défi.

— Pourquoi l'a-t-on assassiné, à votre avis ?

Le sourire distant disparut.

— Vous me posez une question vraiment embarrassante.

Marlow sentit que l'atmosphère se tendait.

— Ce crime est un désordre inacceptable, estima Balthazar Link ; Scotland Yard doit faire preuve de son efficacité. Je vous tiens pour personnellement responsables de la réussite rapide de cette affaire.

— C'est beaucoup d'honneur, jugea Higgins, mais il existe une part d'incertitude.

— Supprimez-la. Cet astrologue a fait partie de mes relations ; j'exige qu'on arrête son assassin. Si vous êtes des incapables, soyez certains que vous devrez changer de métier.

⁂

Marlow n'appréciait guère le doux soleil de ce joli jeudi de mai ; il ne prenait pas à la légère les menaces du grand couturier. Ce genre de personnage avait ses entrées dans les hautes sphères de l'État et, d'une parole coupante, pouvait trancher des cous.

— Comment voulez-vous enquêter sur ce Link... intouchable !

— Il déteste les décorations, du moins sur son costume, dispose d'assez d'argent pour acheter des grands vins, aime la musique et joue peut-être de la flûte ; quant aux femmes, elles ne semblent pas occuper une grande place dans son existence.

— N'oublions pas l'essentiel, Higgins : les boutons de manchette en or.

— Un superbe indice, en effet.

— Comment s'en servir ?

— Terminons d'abord notre pèlerinage, mon cher Marlow.

La Bentley se montrait un peu hésitante ; la dernière étape, il est vrai, s'annonçait comme la plus redoutable de toutes.

CHAPITRE XVII

Au cœur du ministère des Affaires étrangères, la fameuse cour Durbar offrait une austérité et une grandeur de bon aloi. Autrefois intégrée à l'India Office, elle était équipée, en son centre, de fosses aux ours que l'on avait jugé préférable de combler et de recouvrir d'un dallage en marbre. Des colonnes de marbre sombre soutenaient des arcades de palais vénitien entre lesquelles étaient disposées les hautes fenêtres des bureaux ; entre les pilastres d'angle, des niches contenaient les statues de personnages illustres qui, dans le monde entier, avaient contribué à la gloire de l'empire. Le même rythme architectural se répétait au premier étage, pourvu d'un balcon en pierre et d'une loggia. L'ensemble n'était pas d'une folle gaieté, mais Scott Marlow appréciait ce témoignage de la grandeur britannique ; ici, on pouvait croire que l'Angleterre continuait à régner sur le monde.

Un homme vêtu d'un costume noir se dirigea vers eux. Col glacé, cravate sombre, lunettes à monture en nacre, cheveux coiffés en arrière lui donnaient l'allure de ce qu'il était : un haut fonctionnaire du Foreign

Office entré tôt dans la carrière, décidé à grimper dans la hiérarchie en écrasant quelques pieds, et à y occuper férocement son rang dans le silence feutré de cabinets où la plupart des décisions resteraient à jamais inconnues du grand public.

— Le temps est splendide, n'est-il pas vrai ? Vous êtes bien le superintendant Marlow et l'inspecteur Higgins ?... Permettez-moi de me présenter : je suis Patrick Hurst, chargé de mission.

C'était le titre le plus anodin que le diplomate avait trouvé ; il présentait le grand avantage d'être tout à fait vague.

— Je ne vous reçois pas dans mon bureau, expliqua-t-il, par mesure de discrétion. Les oreilles sont si curieuses, de nos jours. Dans un angle de cette cour, nous serons tranquilles, à condition de parler à voix basse. N'est-ce pas un signe de bonne éducation ?

La voix du haut fonctionnaire était plate et terne ; il murmurait, tout en restant parfaitement audible.

— J'ai tenu à vous recevoir sans trop tarder, car nous entretenons les meilleurs rapports avec Scotland Yard ; j'apprécie la qualité de votre démarche, infiniment préférable à une procédure disons... plus officielle. En quoi puis-je vous être utile ?

— Nous enquêtons sur un crime, révéla Higgins.

— Diable, diable... ce n'est pas notre spécialité, au ministère. Je m'en doutais un peu, notez bien.

— Je suppose que vous avez consulté les dossiers du superintendant et de moi-même ?

— Ils sont élogieux, inspecteur, très élogieux ; sachez qu'on vous regrette beaucoup, à Scotland Yard.

En haut lieu, on se félicite de vos interventions dans des affaires complexes et embrouillées qui, sans votre perspicacité, auraient pu jeter le discrédit sur des personnalités très respectables.

— Le mérite en revient à mon collègue.

— Le superintendant Marlow est un policier d'élite, chacun en convient.

Scott Marlow rougit un peu ; ces appréciations lui donnaient un espoir certain pour la suite de sa carrière ; ce n'était certes pas le moment de commettre un impair.

— De quel crime s'agit-il ? demanda Patrick Hurst, légèrement inquiet.

— La victime s'appelle Junctin Ampton, répondit Higgins.

— Ce nom m'est inconnu.

— Pardonnez-moi d'insister.

— Ma mémoire est excellente, inspecteur.

— Le surmenage, les soucis... nous connaissons tous des défaillances.

Le visage du haut fonctionnaire se ferma.

— Ce n'est pas mon cas, je n'ai jamais entendu parler de ce monsieur.

— C'est étrange.

— Pourquoi, inspecteur ?

— Parce que votre nom figure sur une liste que nous avons trouvée chez lui, écrite de sa main.

L'argument ébranla un instant Patrick Hurst ; il se reprit et remonta son col glacé.

— Elle ne prouve nullement que nous nous connaissions ; ce monsieur a mentionné mon nom pour une raison qui m'est inconnue.

— C'est assez difficile à croire, car la liste citait des personnes que Junctin Ampton avait étudiées en profondeur.

— Étudiées ? Je ne comprends pas...

— Quel est votre ascendant ? interrogea Higgins.

— Ma famille est parfaitement honorable ; mon père était diplomate, et mon grand-père...

— Votre ascendant astral, l'interrompit Higgins.

Le haut fonctionnaire perdit pied ; visiblement, son cerveau demeurait imperméable aux paroles de l'ex-inspecteur-chef.

— Junctin Ampton était votre astrologue, précisa-t-il.

— Mon astrologue ? Mais vous divaguez !

Pour la première fois, Patrick Hurst avait haussé le ton.

— L'astrologie est la plus stupide des superstitions, poursuivit-il, irrité ; comment un homme responsable pourrait-il croire à une telle aberration ? Nous ne sommes plus au Moyen Âge ; la science et le progrès ont définitivement anéanti ces chimères.

— Ce n'est pas certain, M. Hurst ; êtes-vous homme à partager une confidence ?

— Inspecteur... c'est l'essence même de mon métier.

— Voici une liste de personnalités qui honoraient la victime de leur clientèle et ont suivi ses conseils avec bonheur.

— Les conseils d'un astrologue ? Vous me parlez d'une bande de fous !

— Pas exactement ; voulez-vous jeter un œil sur cette liste ?

Le haut fonctionnaire accepta.

— J'ai entendu parler de Balthazar Link, comme tout le monde, mais je ne l'ai jamais rencontré... les autres me sont inconnus.

— Votre mémoire est-elle toujours aussi sûre ?

— Je ne vous permets pas d'en douter !

— Où vous trouviez-vous lundi soir ?

Les lèvres du haut fonctionnaire blanchirent.

— Que signifie cette question, inspecteur ?

— J'attends une réponse, M. Hurst.

— J'ai le droit de me taire.

— À votre guise.

Patrick Hurst remonta à nouveau son col glacé.

— Je vais quand même vous répondre : lundi soir, j'assistais à une réception à l'ambassade d'Autriche. J'y suis arrivé à vingt heures et en suis reparti un peu avant minuit ; j'ai discuté avec une dizaine de collègues dont je peux vous donner les noms.

— Voilà un alibi qui vous disculpe.

— Vous n'aviez tout de même pas l'audace...

— Le Yard a toutes les audaces : en quoi consiste votre fonction au Foreign Office ?

— Chargé de mission, je vous l'ai dit.

— Quelle est cette mission ?

— Cet entretien est terminé, je me suis montré très patient. À présent, messieurs, nous n'avons plus rien à nous dire. Je vous donne un bon conseil : ne venez plus m'importuner.

CHAPITRE XVIII

Depuis sa fondation, en 1694, la Banque d'Angleterre était l'un des plus beaux fleurons de la City. L'immeuble de Threadneedle Street demeurait, contre vents et marées, le sanctuaire financier le plus vénéré et le plus secret ; derrière ses nombreuses colonnes, au style pompeux, se cachaient les cerveaux qui, dans l'ombre, dirigeaient l'économie britannique. Parmi eux se trouvait Watson B. Petticott, membre du club très fermé de Higgins, camarade de collège de l'ex-inspecteur-chef, et tête pensante de l'empire. Relation obligée du Premier ministre et de tous les hommes influents, Watson B. Petticott, derrière son grand bureau en bois des îles, ne rêvait que d'enquêtes criminelles. Higgins le fascinait ; aussi ne ratait-il pas une occasion de l'aider, lorsque l'ex-inspecteur-chef faisait appel à ses services. Il ne posait qu'une condition : être mis dans le secret à la fin de l'enquête.

Sosie de Sherlock Holmes, Watson B. Petticott aurait aimé partager l'existence aventureuse de son ami ; il se consolait en pensant que, de sa tour de contrôle, il lui permettait parfois de gagner du temps et de dégager une piste.

Lorsque sa secrétaire lui apprit que Higgins demandait à le voir, le banquier annula une réunion et deux rendez-vous. Il ne voulait pas manquer une fin de journée passionnante. Watson B. Petticott, selon son habitude, ne tarda pas à entrer dans le vif du sujet.

— Qui a été assassiné ?

— L'astrologue Junctin Ampton.

— Un spécialiste réputé ; n'était-il pas retiré ?

— Il conservait quelques clients privilégiés, révéla Higgins.

— Et certains te semblent suspects !

— C'est le moins qu'on puisse dire ; avant tout, pourrais-tu avoir quelques renseignements sur un haut fonctionnaire du Foreign Office, Patrick Hurst ?

— Rien de plus facile, deux coups de téléphone suffiront.

Cinq minutes plus tard, après avoir écouté deux correspondants dont les noms ne furent pas prononcés, Watson B. Petticott savait tout sur Patrick Hurst.

— Famille de diplomates, études brillantes à Oxford, entré dans la carrière grâce aux relations de son père, petite fortune familiale, un bel appartement à Londres et une maison de campagne dans le Sussex, marié, deux enfants, une maîtresse très épisodique au ministère, vacances aux Baléares, très ambitieux, progression rapide... quel ennui. Impossible d'en faire un criminel !

— De quel domaine s'occupe-t-il ?

— De l'Asie ; c'est un spécialiste de l'Extrême-Orient, Corée, Thaïlande, Laos. Voici son adresse privée.

— Rien d'anormal dans son comportement, en apparence.

— Affligeante banalité ; on le dit très envieux et peu sympathique. Qu'avons-nous d'autre à nous mettre sous la dent ?

Higgins ouvrit son carnet noir à la page où il avait répertorié les suspects et la montra à Watson B. Petticott.

— Je connais trois de ces personnes. Dorritt Hawkhurst est une décoratrice très en vogue qui travaille, à l'occasion, pour la famille royale. Une fille splendide, mais croqueuse d'hommes et sans scrupules.

— Fortunée ?

— Elle dépense à peu près tout ce qu'elle gagne et vit dans des conditions fastueuses ; c'est le genre de femme à ruiner un milliardaire, mais son talent est reconnu. L'as-tu rencontrée ?

— On ne peut rien te cacher.

— Alors ?

— Elle mérite sa réputation.

— J'ai confiance : tu sauras lui résister.

— Je n'ai pas le choix, Watson.

— Balthazar Link est une vedette de la mode ; énorme fortune, des collections vendues dans le monde entier, beaucoup d'immobilier de prestige... il s'étend sur l'Asie, depuis deux ou trois ans. J'ai eu l'occasion de le croiser, lors d'un congrès ; la modestie n'est pas sa vertu première. Entre nous, je le vois mal consulter un astrologue : il a tellement confiance en ses propres jugements !

— Rien d'autre sur lui ?

— Une vie mondaine quasi permanente ; il ne rate aucune réception importante. À l'occasion, il sert même de conseiller à Buckingham Palace pour le maintien de l'étiquette et du protocole.

— Et ton troisième ?

— Montfort Leamington : génie du commerce. Import-export en tous genres et en toutes contrées.

— L'Asie, aussi ?

— L'Asie du Sud-Est est devenue l'une de ses cibles prioritaires. Ce bonhomme possède un sens de l'argent tout à fait stupéfiant ; il flaire les bonnes affaires avant les financiers les plus avertis, prend un minimum de risques et réalise d'énormes bénéfices. Il est aujourd'hui l'un de nos principaux exportateurs.

— Rien de douteux ?

— Les affaires sont les affaires, Higgins ; Leamington passera probablement par le purgatoire avant d'aller au paradis. Mais aucun mauvais coup notoire.

Watson B. Petticott prit soudain conscience d'un dénominateur commun.

— L'Asie... bizarre, non ? Ton haut fonctionnaire et tes deux hommes d'affaires... d'autant qu'elle est à l'ordre du jour, dans leur programme !

— Plus encore que tu ne te l'imagines.

— Ah... il y a un indice sous roche.

Higgins hocha affirmativement la tête ; à ce stade de l'enquête, le banquier savait qu'il n'obtiendrait pas davantage.

— Ça ne me plaît pas, pas du tout... déjà un meurtre, le commerce international, de gros capitaux, un haut fonctionnaire... méfie-toi, Higgins.

— Tu me connais, Watson.

— Justement ! Si tu as décidé d'aller jusqu'au bout, tu prendras tous les risques en oubliant que tu es le président de notre club et que, sans toi, notre existence se fanerait.

— Nul n'est indispensable.

— Faux... Sois prudent, je t'en prie.

— Je vais essayer... pour être franc, je sais que cette affaire est dangereuse.

⁂

Passablement énervé à cause d'une journée chargée, où les contrariétés avaient pris le pas sur les satisfactions, il décrocha.

— Vous ? Je vous avais interdit d'appeler chez moi.

— Une urgence, affirma le correspondant.

— Quelle urgence ?

— Scotland Yard.

— Au ministère ?

— Ils m'ont interrogé.

— Incroyable... comment ont-ils pu arriver jusqu'à vous ?

— Une liste de la main de l'astrologue.

— Il a osé... que savent-ils au juste ?

— Rien de précis.

— Avez-vous tenu votre langue ?

— Évidemment. Je les ai congédiés sèchement et je ne crois pas qu'ils reviendront.

— Détrompez-vous, Higgins ne lâche jamais une piste. Quittez Londres, partez pour l'étranger.

— Impossible.

— Tombez malade.

CHAPITRE XIX

Surprendre un fonctionnaire chez lui, en pantoufles, devant sa télévision ou à l'écoute de sa radio, en train de jouer avec ses enfants ou de lire le *Times*, était une stratégie intéressante. Aussi Higgins sonna-t-il à la porte de l'appartement de Patrick Hurst, peu avant vingt heures.

Un domestique lui ouvrit.

— Monsieur ?

— Inspecteur Higgins, de Scotland Yard ; pourrais-je voir M. Hurst ?

— Désolé, Monsieur est malade.

— Un refroidissement printanier ?

— Une grippe sévère, avec une température élevée ; Monsieur dort.

— Conseillez-lui l'influenzinum de chez Nelson's, il sera vite sur pied. Prévenez-le de ma visite.

— Ce sera fait, monsieur.

*
**

Higgins avait réservé la meilleure table du *Café*

Royal, dans un angle de la surprenante salle datant de 1860, surchargée de tentures en velours et de dorures baroques ; des cariatides femelles, à l'opulente poitrine dénudée, le cou orné de colliers de fleurs, soutenaient un plafond rococo que l'on n'oubliait pas aisément. Marlow prit place sur la banquette rouge ; Higgins s'assit en face de lui, sur une chaise de même couleur, à dossier ovale. Assiettes en porcelaine, couverts en argent, bouquets de fleurs des champs agrémentaient la nappe blanche immaculée ; une bouteille de Dom Pérignon attendait dans un seau à glace, à côté de la table.

— Nous avons une longue soirée de travail devant nous, mon cher Marlow ; j'ai beaucoup d'informations à vous donner.

— Moi de même.

— En ce cas, prenons des forces ; je vous propose de la dinde du Norfolk, un rôti de bœuf de Sandrigham aux légumes frais et un pudding du Yorkshire.

Scott Marlow, qui semblait très abattu, ne saliva même pas.

— Notre fonctionnaire vous a-t-il découragé à ce point ?

— C'est bien pis, Higgins ; je crains de gâcher ce magnifique dîner.

— Comme le préconisait Dante avec beaucoup de justesse, il faut toujours commencer par l'enfer afin de mieux apprécier le paradis ; je vous écoute.

— Un de mes amis, qui occupe un poste administratif dans les sphères supérieures du Yard, vient de me donner une très mauvaise nouvelle.

— On vous retire l'affaire.

Le superintendant ne parvenait même pas à boire son verre de champagne ; il le tenait serré entre ses mains, comme un noyé qui s'accroche à une branche.

— Exact, Higgins.

— Motif ?

— Non précisé.

— Que savez-vous de plus ?

— Une intervention d'un personnage haut placé.

— Qui reprend l'affaire ?

— Un débutant qui ne fera pas de vagues.

— Nous sommes jeudi soir... quand prend effet la décision ?

— Lundi matin.

— Parfait ; jusqu'à cette date, vous restez maître du terrain.

— En théorie, oui, mais...

— Nous allons mettre la théorie en pratique ; avec le début du week-end, les administratifs partent à la campagne. Ils nous laisseront en paix.

— Que comptez-vous faire ?

— Mettre sous surveillance tous les suspects ; disposez-vous d'inspecteurs compétents ?

— Pour une simple mission d'observation, oui.

— Nous passons à l'offensive, mon cher Marlow.

— Mais enfin, Higgins !

— La pendule de l'astrologue annonce un crime pour dimanche, huit heures trente. Si, à cette date et à cette heure, nous n'avons pas résolu cette affaire, un autre crime sera commis et nous n'aurons plus qu'à passer la main. Admettez que je ne vous propose rien d'illégal.

— Certes, mais...

— En revanche, le danger existe.

Marlow goûta le champagne ; d'une exquise fraîcheur, d'une saveur incomparable et d'un bouquet proche de la perfection, il enchanta son palais.

— Quel danger, Higgins ?

— Nous commençons à gêner, superintendant ; vous venez d'en donner la preuve. Je crois que nous avons mis le pied dans une fourmilière et que les fourmis sont géantes.

Marlow fulmina.

— Autrement dit, on touche à un ministère et l'on doit aussitôt s'éloigner. Cela signifie que Scotland Yard est muselé et que l'on peut assassiner quelqu'un en toute impunité... hors de question. Je n'accepte pas.

— Je tiens à souligner les risques que nous courons.

— Peu importe.

— En ce cas, faisons le point.

— Dates, heures et lieux de naissance ont été vérifiés ; ils sont tous exacts. Personne n'a menti.

— Nous pouvons en tirer une première conclusion, mon cher Marlow ; l'astrologue a gardé sept clients parce qu'ils incarnaient les sept types planétaires classiques. Balthazar Link a le Soleil sur l'ascendant ; Linda Halmond, la Lune ; Jack Walks, Mercure ; Dorritt Hawkhurst, Vénus ; Anthony Weeks, Mars ; Montfort Leamington, Jupiter ; Sir Henry Bridgewood, Saturne.

— Sept planètes... pourquoi Hurst figurait-il sur la liste ?

— Ce point est essentiel, mais demeure obscur ; je compte l'éclaircir cette nuit même.

Une angoisse serra la gorge de Marlow.

— Higgins ! Que comptez-vous faire ?

— Soyez sans crainte ; je ne provoquerai aucun scandale.

Vaguement rassuré, le superintendant songea à la constatation de son collègue.

— Ne s'agit-il pas d'une sorte de confrérie ? Ces sept-là doivent être liés entre eux comme les planètes.

— N'allons pas trop loin sur ce chemin, recommanda Higgins ; rien ne prouve encore qu'ils se connaissent. Junctin Ampton les a choisis pour eux-mêmes et en fonction de leurs particularités astrologiques.

— Tout de même... s'ils forment bien une confrérie, ils peuvent être complices et avoir supprimé l'astrologue parce qu'il en savait trop sur eux et sur leurs projets.

— Continuez, pria Higgins, très attentif.

— L'un d'eux a trahi les autres, d'une manière ou d'une autre ; il s'est confié à l'astrologue, parce qu'il se sentait menacé. Et Junctin Ampton a annoncé l'heure de sa mort qu'il avait lue dans les étoiles.

— Superbe, mon cher Marlow, réellement superbe.

Higgins était sincèrement admiratif ; Marlow ressentit une certaine fierté.

— Ce champagne est un stimulant remarquable ; grâce à lui, je perçois une vérité dans cette affaire. Mais qui a tué l'astrologue... et quelle sera la prochaine victime ?

CHAPITRE XX

L'atmosphère du *Café Royal* convenait à merveille au superintendant ; la qualité de la cuisine, celle du champagne, le charme du décor lui offraient l'un de ces moments intenses qui marquent la carrière d'un enquêteur. Ce soir, sa pensée avait été plus rapide que celle de Higgins, et l'ex-inspecteur-chef se montrait beau joueur.

— Dites-moi, Higgins, ces planètes ne nous sa[illegible]raient-elles pas une indication décisive ?

— J'y ai songé, mon cher Marlow.

— Intéressant ?

— Oui et non. L'astrologie superficielle répartit les planètes en « bénéfiques » et « maléfiques ». Soleil et Lune sont neutres, ce qui innocenterait Balthazar Link et Linda Halmond ; Mercure, à savoir Jack Walks, est ambivalent, mais non agressif ; Vénus et Jupiter sont « bénéfiques », ce qui devrait nous rendre sympathiques Dorritt Hawkhurst et Montfort Leamington.

— Ils le sont, estima Marlow ; elle est le charme incarné et il est jovial. Restent les deux « maléfiques ».

— En effet, Mars et Saturne.

— Si Mars est fidèle à son nom, ce doit être une planète redoutable.

— Pleine d'énergie, c'est certain ; mais on l'a mise en relation avec le combat, le sens de la lutte, l'agressivité et, pourquoi pas, la volonté de détruire.

— Cette description correspond assez bien à Anthony Weeks, remarqua Marlow.

— Elle ne fait pas de lui un criminel ; lorsqu'on étudie les thèmes astrologiques des assassins, aucune planète ne domine.

— Même Saturne ?

— Les astrologues naïfs l'appellent « le grand maléfique », parce qu'il rend les êtres froids, sévères, peu agréables. Il n'est « maléfique », en réalité, que pour les individus superficiels et sans envergure qui ne peuvent supporter le poids de cette planète.

— Sir Henry Bridgewood est un bel exemple de Saturnien ; froid, sévère et désagréable, c'est bien lui !

— On ne saurait prétendre le contraire, mais ces caractéristiques psychologiques ne font pas un assassin. En réalité, chaque planète peut tuer à sa manière.

— Autrement dit, toute cette technique astrologique ne nous avance à rien.

— Pas pour le moment... elle nous permet simplement de comprendre pourquoi Junctin Ampton n'avait gardé que sept clients et ces sept clients-là ; voir évoluer des types astrologiques purs et les étudier devait le passionner.

Marlow reprit du pudding.

— Et si deux affaires se superposaient ? D'un côté, nous avons un astrologue au sommet de son art qui, au soir de sa vie, s'offre la plus exaltante des expériences. Ce ne fut certainement pas facile de découvrir ces « types astrologiques purs ». De l'autre, une intrigue politique et commerciale à laquelle Junctin Ampton fut mêlé malgré lui. Mais comment en démêler les fils ? Patrick Hurst est au centre de la toile d'araignée, c'est certain ; et nous disposons d'indices déterminants.

Higgins feuilleta son carnet noir.

— Il faudra tout reprendre à zéro, estima-t-il.

— Vous croyez à des leurres ?

— C'est une possibilité, si ce n'est pas le cas, d'étranges imprudences ont été commises. Il faut en déceler la raison, et nous ne disposons que de deux jours et de deux nuits.

— Si je vous suis bien, nous devrions identifier la prochaine victime, la protéger et piéger l'assassin.

— C'est une solution, en effet, si nous ne parvenons pas à arrêter ce dernier avant dimanche matin.

Le superintendant ne refusa pas le cigare qui lui était offert ; en tirant sa première bouffée, il ne tut pas ce qui le gênait.

— L'oignon sans aiguilles m'intrigue au plus haut point ; l'avez-vous relié à un suspect, Higgins ?

— J'ai une vague idée, mais aucune preuve ; un peu de repos vous fera du bien, superintendant. Demain et après-demain seront des journées très chargées.

⁂

La sonnerie du téléphone fit sursauter Patrick Hurst. Minuit... qui pouvait l'appeler ? Il hésita, décrocha.

— Hurst à l'appareil... comment ? Ma femme ! Répétez... je vous entends mal ! Tout de suite ? Mais oui, bien sûr !

« Journée maudite », pensa Patrick Hurst. D'abord, cet interrogatoire ; ensuite, la remise en cause de son grand projet ; enfin, cet accident survenu à sa femme, en vacances à Folkestone avec ses deux enfants. Peut-être aurait-il dû consulter son horoscope... l'idée l'énerva, et il but son cinquième whisky de la soirée.

Autour de lui, tout tournait. Le haut fonctionnaire n'avait pas l'habitude de boire ; d'ordinaire, il était l'homme le plus pondéré du monde, se couchait à minuit cinq, s'endormait aussitôt et passait une nuit tranquille. Pourquoi l'ambition l'avait-elle dévoré, pourquoi s'était-il lancé dans une aventure aussi folle ? Trop tard pour reculer... non, pas encore. Mais reculer, c'était abandonner la grosse somme dont il rêvait depuis longtemps pour mener une existence plus fastueuse.

On sonna.

Le policier qui venait lui donner des nouvelles de sa femme. À cette heure, le domestique était rentré chez lui ; Patrick Hurst ouvrit lui-même.

— Inspecteur Higgins, mais...

— Rassurez-vous, M. Hurst : votre épouse est en excellente santé. J'ai dû utiliser ce petit subterfuge pour pouvoir vous parler. Votre grippe s'atténue, semble-t-il ; sans doute avez-vous suivi mon conseil en vous soignant à l'influenzinum.

L'haleine de son hôte prouva à l'ex-inspecteur-chef qu'il avait utilisé un tout autre médicament.

— J'ai besoin de dormir, inspecteur.

— Si vous cessiez de mentir ?

Le haut fonctionnaire, pantalon froissé et chemise ouverte, avait perdu toute superbe ; il leva le bras droit pour repousser Higgins, mais ne rencontra que le vide. L'homme du Yard entra et ferma la porte. Prenant son hôte par les épaules, il l'aida à marcher et à s'asseoir dans un fauteuil.

— Vous n'avez pas le droit... c'est une violation de domicile !

— Une simple visite amicale ; nous n'avons pas eu le temps de discuter, au ministère ; chez vous, loin de cette atmosphère glaciale et guindée, nous pourrons échanger des confidences. Aucune oreille indiscrète ne vous entendra.

— Je n'ai rien à vous dire.

— Mais si, M. Hurst ; vous avez beaucoup de soucis, en ce moment, à cause d'une erreur de parcours qui met en péril votre carrière.

— Vous dites n'importe quoi... je n'ai rien à me reprocher.

Le haut fonctionnaire tentait de fixer Higgins, mais ce dernier, mains croisées derrière le dos, allait et venait, accentuant le vertige.

— Je crains que si ; nous devrions reprendre ensemble la liste de noms que je vous ai proposée.

— Je ne connais personne... personne !

— Le nom de Balthazar Link vous était familier, il s'intéresse à l'Asie, comme vous.

— Je m'en moque ; je suis diplomate, non couturier.

— À mon sens, dit Higgins sur le ton apaisant d'un confesseur, vous avez dû fréquenter Montfort Leamington.

Hurst sursauta.

— Qui vous a dit ça ?

— Vous-même, par votre attitude.

— C'est faux, complètement faux !

— Toujours l'Asie, M. Hurst ; je suppose que vous, un haut fonctionnaire du *Foreign Office*, êtes en relation avec un négociant soit pour lui faciliter la tâche de manière illégale, soit pour lui vendre des renseignements confidentiels.

Patrick Hurst tenta en vain de s'arracher à son fauteuil ; l'alcool lui avait ôté toute force.

— C'est insensé.

— Vous devriez renoncer à vos projets, conseilla Higgins.

— Ma carrière...

— Votre carrière, précisément, est à ce prix. Avez-vous déjà été payé ou est-il encore temps d'échapper à l'opprobre ?

Le haut fonctionnaire se cacha la tête dans les mains.

— Cessez de me persécuter.

— Vous vous torturez vous-même.

— N'ai-je pas le droit d'être riche, comme tant d'autres ?

— Montfort Leamington ne sert que ses intérêts ; vous, c'est différent.

— Je le croyais...

— Vous le croyez encore ; que vous a-t-il demandé ?

— Des facilités administratives et des contacts privilégiés.

— Pour le commerce avec la Thaïlande, par exemple ?

— Par exemple.

— Votre collaboration devait rester secrète, bien entendu.

— Ma réputation...

— Leamington vous a-t-il donné d'autres raisons ?

— Non... son volume d'affaires prévisible était tellement énorme qu'il voulait s'entourer de toutes les précautions afin de conquérir le terrain sans coup férir. Après tout, je ne fais qu'aider l'Angleterre ! Notre développement économique n'est pas un crime.

— Simple corruption de fonctionnaire, admit Higgins ; mais vous figurez sur une liste de criminels en puissance.

Ce rappel pétrifia Patrick Hurst.

— Quand l'astrologue vous a-t-il appelé ?

— Il ne m'a pas...

— Je vous en prie ; il faut éviter un second drame.

Le diplomate céda.

— Il m'a appelé au ministère, lundi dernier, dans la matinée. Il voulait me parler ; quand il a mentionné sa profession, je lui ai ri au nez.

CHAPITRE XXI

Ce vendredi matin, il pleuvait.

Les hommes d'affaires, parapluie ouvert, envahissaient la City ; dans les rues, on marchait d'autant plus vite que l'ondée était plus abondante. Higgins avait vainement tenté d'utiliser le vieux parapluie découvert chez Junctin Ampton ; il refusait obstinément de se déployer. Vérification faite à l'aide d'un dessin, il ne ressemblait pas du tout à celui qu'utilisait le domestique de Sir Henry Bridgewood. D'ailleurs, celui-ci ne se serait certainement pas séparé d'un modèle aussi rustique et l'aurait réparé.

Quelqu'un avait oublié l'objet.

Seul le plus grand spécialiste mondial du parapluie pourrait renseigner l'ex-inspecteur-chef de manière décisive ; aussi prit-il un taxi qui le déposa devant Hazelwood House, le magasin de James Smith and Sons, fondé en 1830, et demeuré identique à lui-même depuis 1856.

Franchir la porte du temple du parapluie, qui ressemblait à celle d'une demeure ancienne, c'était pénétrer de plain-pied dans une partie de l'histoire britannique.

Combien de têtes illustres étaient venues chercher ici une protection contre les ondées et les caprices du temps ? Du parapluie du golfeur au parasol tropical en passant par l'ombrelle, James Smith and Sons pouvait se vanter d'avoir interposé entre le ciel et la terre tous les modes de protection mobiles, individuels et de bon goût que le cerveau humain avait pu imaginer.

Higgins se présenta au comptoir principal, un vieux meuble en bois clair, patiné et usé, pourvu de larges tiroirs. Le vendeur-chef consultait un lourd registre ; au-dessus de sa tête, des cornes de bubale, une sorte de gazelle africaine, dont la présence demeurait une énigme. Avaient-elles servies de modèle au premier manche de parapluie, en dépit de leur forme torsadée, ou s'agissait-il d'un souvenir personnel du propriétaire ?

— Monsieur désire ?

— J'ai besoin d'une expertise.

Higgins déposa l'objet sur le comptoir.

Le vendeur-chef le palpa du bout des doigts, avec un dédain marqué ; il le souleva, le fit tourner sur lui-même, tâta les baleines et le manche.

— Je suis désolé, monsieur, mais ce... parapluie, si l'on peut nommer ainsi cette chose médiocre, n'a pas été vendu par notre maison.

— C'est l'évidence même, mon ami.

— Monsieur me rassure.

— Quelle officine oserait proposer cet article à des clients ?

— Je n'en vois qu'une : l'étal d'Anatole Reed, sur le marché de Camden ; ses grands-parents étaient d'origine française.

***

Le marché de Camden Lock était un endroit bruyant, animé et populaire ; le long des écluses, brocanteurs et marchands offraient une multitude d'objets, allant du chapeau haut de forme à la bouilloire victorienne. Maisons grises et pauvrettes, eau trouble du canal, ciel bas composaient un décor plutôt sinistre que tentaient d'atténuer les discours enflammés de certains vendeurs.

Camden Lock était l'un des refuges des petites gens qui venaient rêver devant de pauvres trésors souvent trop chers pour leurs bourses ; parfois, on pouvait marchander.

— Je n'achète pas, dit Anatole Reed, en jetant un œil mauvais sur le parapluie que lui présentait l'ex-inspecteur-chef.

— Scotland Yard n'est pas encore à vendre.

— Ah non, pas la police ! Pas aujourd'hui !

Mal rasé, une casquette marron enfoncée jusqu'aux oreilles, Anatole Reed n'était pas le prototype idéal de la beauté masculine.

— Que se passe-t-il, aujourd'hui ?

— Je reçois une livraison de théières ; des heures pour les trier et choisir les bons prix.

— C'est bien ennuyeux, en effet.

— Vous n'allez quand même pas m'emmener...

— Hélas !

— Qu'est-ce que vous voulez savoir ?

— Avez-vous vendu ce parapluie ?

Reed examina le bas du manche.

— Il porte ma marque.

— Qui l'a acheté ?

Le marchand se renfrogna.

— Ça, je ne m'en souviens pas...

— Je vais vous aider.

Higgins montra les pages de son carnet noir où il avait dessiné les visages de tous les suspects.

— C'est peut-être celle-là.

— Avez-vous parlé avec cette dame ?

— Pas trop... elle est surtout copine avec la marchande de nippes, là-bas, sur la gauche. Alors, vous m'emmenez ?

— Ce ne sera pas nécessaire.

Higgins fit quelques pas. La « marchande de nippes » n'était guère plus distinguée que le brocanteur, mais elle reconnut tout de suite son acheteuse.

— Ça, c'est une de mes meilleures clientes ! Les robes indiennes et chinoises les plus invendables, elle en raffole... Vous savez quoi ? C'est une maniaque du déguisement, à mon avis !

*
**

La porte de la maison de Linda Halmond était toujours ouverte ; à cette heure matinale, la jeune femme se préparait un café dans une cuisine plutôt en désordre. Higgins la surprenait au saut du lit, avant qu'elle n'ait eu le temps de se maquiller : les cheveux emmêlés, le regard ensommeillé, les gestes indécis, elle était pourtant charmante, dans une nuisette vaporeuse en satin.

L'ex-inspecteur-chef, regardant fixement un placard situé dans la direction opposée, toussota.

Linda Halmond tourna la tête et posa la casserole qu'elle remplissait d'eau.

— Inspecteur... je ne rêve pas ?

— C'est bien moi, mademoiselle.

— Venez vous asseoir... thé ou café ?

— Café, s'il vous plaît.

La table de cuisine était plutôt encombrée. Linda Halmond poussa une corbeille à pain, des verres, des assiettes, et posa deux bols.

— Puis-je vous beurrer un toast ?

— Vous êtes délicieux ; j'ignorais que Scotland Yard se montrât si prévenant.

— À vrai dire, l'allure du suspect entre un peu en ligne de compte.

— La mienne vous convient-elle ?

— Secret de l'enquête.

Elle sourit, incrédule.

— Même à moi, vous n'avoueriez pas.

— Même à vous.

Linda Halmond s'assit en face de l'ex-inspecteur-chef et lui servit du café.

— Vous ne me soupçonnez pas vraiment ?

— Vraiment est l'un des adverbes les plus difficiles à manier, mademoiselle. Vous savez, bien sûr, que votre alibi n'a aucune valeur.

— J'avais pourtant la grippe, je vous assure.

— Comme M. Hurst.

— Qui est-ce ?

— Un haut fonctionnaire du Foreign Office spécialisé dans les affaires asiatiques.

Le sourire de Linda Halmond disparut.

— Je vous ai rapporté votre parapluie, mademoiselle.

Elle l'accepta sans protester.

— Vous l'aviez oublié chez Junctin Ampton.

— Je suis un peu distraite, ces temps-ci.

— Vous aimez vous déguiser, m'a-t-on dit ?

Elle serra sa tasse à la casser.

— Qui s'est permis...

— Est-ce exact ?

— J'aime changer, c'est tout.

— Robes exotiques, surtout asiatiques... Vous devez être ravissante...

— Je voyage beaucoup, inspecteur. Londres et l'Angleterre sont trop étroits pour moi, qu'il s'agisse de la mode ou du reste.

— Ce sont vos voyages qui m'intriguent.

Elle baissa les yeux et ferma les poings.

— Ils n'ont rien d'anormal.

— D'anormal, non : exceptionnel, oui ; satisfaire la famille royale n'est pas une mince affaire.

— Question de métier.

— Question de confiance, plutôt ; n'était-ce pas Junctin Ampton, l'homme que vous aimiez comme un père, qui vous dictait vos décisions ?

— Je n'en ai pas honte.

— Un oignon sans aiguilles : qu'est-ce que ça signifie pour vous ?

— Un objet devenu inutile et qu'il faut réparer.

— Pardonnez mon indiscrétion, mademoiselle, mais... portez-vous des bas ?

— Jamais, inspecteur ; je les ai en horreur. Ou je suis jambes nues, ou je porte un pantalon. Désirez-vous connaître mes goûts en matière de sous-vêtements ?

— Pour le moment, non ; en revanche, j'aimerais savoir si vous vous entendez bien avec Montfort Leamington.

— Montfort est... je ne le connais pas.

— Trop tard, mademoiselle ; on n'appelle pas un inconnu par son prénom.

Elle se leva, furieuse, et jeta son café dans l'évier.

— N'ai-je pas le droit de travailler avec lui ?

— L'aideriez-vous à organiser ses voyages ?

— En effet ; c'est un homme surchargé de travail et qui n'a pas de temps à perdre. Grâce à moi, il est certain de ne pas avoir d'ennuis.

— En est-il de même pour Balthazar Link ?

La jeune femme devint franchement agressive.

— Que cherchez-vous, inspecteur ? Désirez-vous connaître toutes mes relations d'affaires ?

— Elles doivent être passionnantes.

— On me considère comme l'une des meilleures organisatrices de voyages difficiles, où des personnalités de premier plan exigent un service impeccable. Mes comptes sont à jour.

— Dieu me garde d'être le fisc ! Avez-vous satisfait les exigences de la décoratrice Dorritt Hawkhurst ?

— Possible. Je ne me souviens pas du nom de tous mes clients.

— Une très jolie femme, aux longs cheveux bouclés et aux yeux verts très doux.

— Vous êtes très observateur, inspecteur.

— On ne l'est jamais assez.

— Cette description me rappelle quelqu'un, en effet.

— Comme vous, elle travaille pour la famille royale ; vos chemins ont dû se croiser.

— Personne ne contrôle le hasard.

— Sauf un astrologue qui regroupe des êtres aux nombreux points communs.

Le visage de Linda Halmond sembla soudain vieilli.

— Pourquoi, inspecteur... Pourquoi la folie traverse-t-elle la tête des hommes ? Il suffirait de contempler le ciel, d'admirer les étoiles et de s'oublier soi-même.

— Il y a un cadavre derrière nous, rappela Higgins.

— Junctin n'aurait pas dû mourir.

CHAPITRE XXII

Lorsque Higgins poussa la porte du bureau de Marlow, le superintendant bondit comme un fauve ; déjà vêtu de son imperméable froissé, il entraîna son collègue vers le garage central.

— Ma Bentley est en panne, expliqua-t-il ; elle refuse de démarrer. Je lui ai parlé avec douceur, comme vous me l'aviez conseillé, mais elle ne veut rien entendre. Nous aurons un des meilleurs chauffeurs du Yard ; avant de s'engager dans la police, il faisait des rallyes.

— Excellente idée ; nous n'aurons pas une minute à perdre, aujourd'hui. Votre système d'observation est-il en place ?

— Il fonctionne à merveille ; c'est pourquoi nous sommes très pressés : depuis une demi-heure, un homme correspondant au signalement de Montfort Leamington se trouve chez Patrick Hurst. J'ai donné ordre de l'intercepter pour infraction au stationnement s'il partait avant notre arrivée.

Le chauffeur était effectivement un as du volant et un parfait connaisseur de la topographie londonienne ;

il emprunta bien deux sens interdits afin de raccourcir le trajet et terrorisa une vieille dame qui promenait son caniche, mais n'écrasa personne et pila devant le domicile du haut fonctionnaire où le chauffeur de Montfort Leamington en venait presque aux mains avec un inspecteur en civil.

Avec une autorité martiale, Marlow intervint.

— Qu'est-ce qui se passe ici ?

— Trouble de l'ordre public, superintendant, répondit son subordonné. Ce véhicule est en stationnement illicite.

— Il n'y a aucune réglementation visible ! protesta le chauffeur. Mon patron est pressé ; dressez-moi procès-verbal si vous voulez, mais laissez-moi partir !

Higgins frappa à la vitre arrière droite ; Leamington la baissa.

— Inspecteur ! Vous rôdiez là par hasard, je suppose ?

— Comme vous.

— J'ai un rendez-vous urgent.

— Le superintendant Marlow et moi-même aimerions vous parler.

— Plus tard.

— Il s'agit d'une urgence, M. Leamington.

— Vraiment ?

— Vraiment.

— Difficile de vous faire revenir sur une décision, semble-t-il ?

— Impossible.

— Eh bien, montez.

L'arrière de la Rolls-Royce était si vaste que Marlow

et Higgins purent s'asseoir confortablement face au négociant. À sa gauche, un bar bien garni, le téléphone et une télévision.

— Que puis-je vous offrir ?

— La vérité, répondit Higgins.

— Vous voilà bien solennel, inspecteur.

— Et vous bien cachottier, M. Leamington.

— Attaque directe ?

— À qui rendiez-vous visite ?

— À un ami.

— Son nom ?

— Vous n'avez pas le droit de franchir la barrière de ma vie privée.

— Patrick Hurst fait partie des suspects ; il figurait sur la liste qui sert de base à notre enquête, de même que vous. Aussi cette rencontre ne saurait-elle être fortuite.

— Ainsi, vous m'avez fait suivre : est-ce bien légal ?

— Il s'agit d'un crime.

— Répondre à vos questions n'est pas obligatoire.

— En effet ; mais nous pouvons vous arrêter et vous inculper pour complicité d'assassinat, en attendant mieux. Ce genre de publicité n'est pas fameuse pour les affaires.

— Bien visé, inspecteur ! s'exclama le commerçant, jovial. N'auriez-vous pas envie de devenir mon directeur commercial ?

— Je crains d'être trop indépendant, à la différence de M. Hurst.

— On dirait que vous avez une dent contre ce brave garçon.

— Un fonctionnaire doit être au service de l'État, rappela Marlow, et de personne d'autre.

— De quoi m'accusez-vous ? demanda le négociant, très détendu.

— De corruption.

— Quel grand mot ! N'ai-je pas le droit d'échanger quelques propos avec ce monsieur ?

— Un homme malade qui vous reçoit tôt le matin, à son domicile privé... ne s'agirait-il pas d'une entrevue secrète ?

— Vous voyez des conspirateurs partout, superintendant.

Bien calé sur la confortable banquette de la Rolls-Royce, Leamington était aussi à l'aise que dans son bureau ; aucun argument ne semblait entraver sa belle assurance.

— Vous vous préparez à investir en Asie, déclara Higgins, et vous recherchez des informations dignes de foi pour réussir votre implantation ; aussi n'hésitez-vous pas à payer de manière occulte un haut fonctionnaire spécialiste de cette partie du monde.

— Il faudra le prouver.

— M. Hurst ne pourra utiliser les sommes que vous lui avez remises, indiqua le superintendant ; nous ne le lâcherons plus.

— Votre astrologue était informé de vos projets, avança Higgins.

— Si l'on veut.

— Qu'en pensait-il ?

Le négociant parut gêné.

— Il étudiait le dossier.

— Vous n'avez pas d'alibi pour le soir du meurtre, M. Leamington.

— N'allez-vous pas un peu trop loin, inspecteur ?

— Nous, nous avons ceci.

Higgins ouvrit la main droite ; dans sa paume, la décoration découverte chez Junctin Ampton.

— Originale.

— L'ordre de l'éléphant, une ancienne distinction siamoise ; ne vous évoque-t-elle pas un drame récent ?

— Un drame ? Je ne vois pas.

— Je suis persuadé du contraire, dit Higgins.

— Sur quoi repose votre hypothèse ?

— Sur votre amour des décorations, que vous exposez volontiers.

— Elles traduisent une certaine réussite, et je ne m'en cache pas.

— Cette petite décoration en ivoire, vous la portiez au revers de votre veston lorsque vous êtes allé voir l'astrologue ; lorsque vous êtes sorti de chez lui, vous l'avez perdue, sans vous en rendre compte. Comment expliquer l'incident ?

— Pas la moindre idée, ironisa le négociant.

— Une explication simple s'impose : un désaccord vous a opposé à Junctin Ampton. Il vous a demandé de ne pas mettre à exécution un projet qui vous tenait à cœur. Il était si fermement résolu que le ton a monté.

— Ampton était l'homme le plus doux du monde et je n'ai pas la réputation d'être violent.

— Le motif de votre discussion était donc d'une gravité exceptionnelle, au point de déclencher la fureur d'un astrologue âgé et pondéré.

— Ce n'est guère vraisemblable, vous le constatez vous-même.

— Au contraire, M. Leamington ; nous touchons sans doute au cœur de l'affaire. Junctin Ampton est sorti de ses gonds et vous a agrippé par le revers de votre veston ; c'est à ce moment que l'objet est tombé.

— Belle histoire, inspecteur.

— Reste une question essentielle : l'astrologue est-il mort à la suite de cette querelle ? Je suppose que vous avez riposté.

— Supposez ce que vous voulez.

— Étrange, cette décoration ; elle prouve que les autorités de Thaïlande, l'ancien Siam, vous ont déjà récompensé pour services rendus à leur pays. Vous devez être très populaire, là-bas ; combien de voyages d'affaires à votre actif ?

— Quelques-uns, je m'acclimate facilement. Il suffit d'être aimable avec les gens, de comprendre leur mentalité et de satisfaire leurs exigences. Puis-je vous poser une question ?

— Je vous en prie.

— Où avez-vous découvert cette décoration ?

— Sous la bibliothèque.

Montfort Leamington croisa les mains sur son ventre, apparemment satisfait.

— Un autre détail m'intrigue, reprit Higgins, vous connaissiez d'autres personnes figurant sur la liste écrite par l'astrologue.

— Lesquelles ?

— Balthazar Link.

— Le grand couturier ? Qui ne le connaît pas ?

— Linda Halmond.

Les yeux du négociant se rétrécirent.

— Une organisatrice de voyages... Oui, elle a organisé certains de mes déplacements avec beaucoup de compétence et d'expérience. Remarquable professionnelle ; elle connaît l'Asie comme sa poche. Si vous désirez vous y rendre, faites appel à ses services.

— Dorritt Hawkhurst.

— Quelle est son activité ?

— Décoratrice.

— Elle s'est peut-être occupée d'un de mes immeubles. Des dizaines de personnes travaillent pour moi. Autre chose, inspecteur ?

— Pas pour le moment.

Le couturier le contempla longuement.

— Où l'avez-vous découvert ?

— Sous ce bureau ; vous appartient-il ?

La réponse tarda à venir.

— Oui.

— Comment l'avez-vous perdu ?

— Il a dû tomber à mon insu.

— Certainement pas, objecta Higgins. De quel sujet parliez-vous, avec l'astrologue, lorsqu'il a agrippé votre poignet de chemise ?

— Il ne se serait pas permis...

— Ce jour-là, si ; il tenait tellement à vous convaincre qu'il a perdu tout self-control. En tentant de vous retenir, il a décroché l'un de vos boutons de manchette.

— Nous ne nous comportions pas comme des chiffonniers !

— Faible argument, estima Marlow ; vous avez accumulé assez de délits pour que je vous arrête.

Le regard du grand couturier exprima un suprême dédain.

— Vous n'y pensez pas, j'espère ? Ma réputation est en jeu !

— Un homme a été assassiné, rappela Higgins, et votre comportement fait de vous un suspect tout désigné.

— Un personnage public, comme je le suis, ne détruit pas sa carrière en commettant un acte aussi barbare.

— Que s'est-il passé, M. Link ?

— Rien d'extraordinaire, inspecteur ; j'ai perdu un

objet de valeur que je voulais récupérer discrètement, voilà tout. Est-il nécessaire d'en faire un drame ?

Marlow avait envie de passer les menottes à cet individu prétentieux et sûr de lui ; il n'attendait qu'un signe de Higgins qui, les mains croisées derrière le dos, se contenta de tourner autour de Balthazar Link.

— Êtes-vous un ami de Montfort Leamington ?

— Relation d'affaires, sans plus.

— Quelles affaires ?

— C'est un peu délicat, inspecteur. Vous me demandez de dévoiler une stratégie d'avenir.

— Je vais vous aider : comme lui, vous visez l'Asie. Vous avez donc conclu une alliance qu'il doit être facile de démontrer en décelant vos accords financiers.

Croisant les bras, le couturier sourit avec froideur.

— Puisque vous savez tout, que devrais-je ajouter ?

— Mlle Halmond n'a-t-elle pas organisé vos récents voyages en Extrême-Orient ?

— Tous les hommes d'affaires d'une certaine envergure font appel à cette jeune femme un peu excentrique, mais d'une grande compétence. En voyage, je ne supporte ni retard ni contrariété matérielle ; Linda Halmond a toujours su me les éviter.

— L'une de vos demeures n'a-t-elle pas été décorée par Dorritt Hawkhurst ?

— Je m'en félicite ; elle a beaucoup de talent et un sens inné du beau. Moi-même, je n'aurais guère fait mieux.

— Je suis surpris par votre démarche commerciale, indiqua Higgins.

— Pourquoi donc ?

— Je ne vois pas ce qu'un grand couturier peut attendre de l'Asie ; les élégantes d'Extrême-Orient apprécient-elles vos modèles ?

— L'Asie, c'est l'avenir ; je créerai pour elle une mode inédite, où raffinement et splendeur iront de pair. Cette conversation ne m'ennuie pas, inspecteur, mais la liste de mes rendez-vous est assez impressionnante. Si vous avez besoin de moi, je suis à mon bureau. Bien entendu, ma secrétaire vous fera passer en priorité.

Avec un aplomb désarmant, Balthazar Link passa devant les deux policiers et sortit du domicile de la victime comme du dernier salon mondain. Scott Marlow bouillait.

— Mais enfin, Higgins ! Il se moque de nous !

— Sans aucun doute, superintendant ; mais nous progressons.

— Leamington et lui font cause commune, c'est évident.

Le klaxon de la voiture de service les alerta.

Le chauffeur avait déjà mis le moteur en route.

— Ça bouge du côté de Walks, expliqua-t-il.

CHAPITRE XXIV

Jack Walks, après être passé à son bureau de Fleet Street, avait enfourché une bicyclette et roulé un bon quart d'heure avant de se faufiler dans une impasse et de frapper à une petite porte métallique deux coups, puis un, puis deux.

Dès l'ouverture de la porte, il s'était engouffré dans une sorte de cave située en contrebas de l'impasse.

Grâce à la rapidité de leur chauffeur, Higgins et Marlow arrivèrent à temps pour le voir sortir de cet endroit peu avenant. L'ex-inspecteur-chef demanda à Marlow de ne pas intervenir et de maintenir la filature ; puis il s'engagea dans la minuscule artère où le soleil ne pénétrait jamais. De l'eau glauque s'écoulait lentement par une rigole creusée entre les pavés.

Marlow s'assura qu'il avait bien emporté son arme de service.

— Vous devriez prendre garde, Higgins ; nous ne savons pas sur qui nous allons tomber.

L'ex-inspecteur-chef frappa à la porte de la même manière que Walks, selon le code communiqué par le policier qui avait suivi le journaliste. Le panneau métallique s'entrebâilla, laissant apparaître un visage carré, épais et ingrat.

— Mais... je vous connais pas...

Au moment où l'homme tentait de refermer la porte, Scott Marlow la poussa de tout son poids, renversant le propriétaire des lieux. Higgins songea qu'il avait tendance à libérer la hargne contenue devant le grand couturier, mais ne lui adressa aucun reproche.

Leur hôte forcé était tombé à la renverse ; il trouva assez de ressources, néanmoins, pour se déplacer à quatre pattes vers un petit bureau et tenter de se saisir d'un revolver. Le superintendant, lucide, lui assena un violent coup de poing sur le poignet ; l'homme hurla et laissa tomber son arme.

— Vous m'avez cassé le bras !

Marlow l'agrippa par les revers de sa veste et l'obligea à se mettre debout.

— Comment t'appelles-tu, mon gaillard ?

— Vous avez tort de faire ça... on avait conclu un traité de paix.

— Ah oui... avec qui ?

— Ben... avec ton patron !

— Je vois assez mal le *Commissionner Chief Constable* de Scotland Yard conclure un quelconque accord avec un type dans ton genre.

— Scotland Yard... c'est la fin de tout !

L'homme devint tout mou.

— Je voudrais m'asseoir.

Sans ménagements, Marlow le projeta sur une chaise.

— Je vous prenais pour l'émissaire d'un concurrent avec lequel j'avais conclu une trêve, expliqua-t-il. Mais Scotland Yard... qui m'a vendu ?

— Un visiteur qui vient de sortir de chez vous, dit Higgins.

— Pas possible. Je viens d'arriver.

— Si tu ne réponds pas, prévint Marlow, je te casse la tête.

L'homme se protégea le visage avec les mains.

— Non, non, c'est vrai, je viens de recevoir un client.

L'endroit était plutôt misérable : une pièce nue, carrée et humide. Seul mobilier : un petit bureau en bois blanc, deux chaises et un coffre-fort.

— Quelle est votre activité ?

— Je m'appelle Smith et je fais du commerce, murmura l'homme.

— Que vendez-vous ?

— Euh... des conseils.

— Ouvrez ce coffre, ordonna Marlow.

— Oh non ! C'est le travail de toute une vie, vous ne pouvez pas...

— Nous sommes très pressés.

— D'accord, je parle. Je suis bookmaker.

L'homme se tassa sur lui-même et croisa les doigts.

— Le métier est de plus en plus difficile, continua-t-il ; survivre dans la clandestinité est un exploit quotidien. Le jour, la nuit, on n'arrête plus...

— Comment s'appelait votre visiteur ?

— Ça, je ne peux pas le dire... la déontologie.

— Prenez garde, recommanda Higgins ; mon collègue est violent, surtout lorsqu'il est irrité.

— Jack Walks, il s'appelle Jack Walks !

— Que savez-vous de lui ?

— C'est un journaliste.

— Passionné de jeu ?

— Le plus passionné des passionnés.

— Et il perd plus qu'il ne gagne ?

— Comme tout le monde... tout le monde le sait, mais tout le monde continue quand même à jouer. Sa spécialité, ce sont les chevaux.

Higgins consulta ses notes.

— Eh bien, mon cher Marlow, voilà une petite énigme résolue ; M. Walks devient un personnage passionnant. À combien se montent ses dettes ?

— C'est plutôt énorme, révéla le bookmaker, il aura du mal à rembourser. Pourtant, il n'a pas le choix ; dans notre milieu, il n'est pas question d'être incorrect. S'il tentait de s'enfuir sans m'avoir réglé ce qu'il doit, il aurait de gros ennuis.

— À quelle date est fixé le prochain règlement ?

— Milieu de la semaine prochaine.

— M. Walks est-il optimiste ?

— D'après lui, il vient de faire un gros coup et aura bien la somme nécessaire. Tant mieux... moi, les ennuis, je déteste ça. Justement... puisque je vous ai tout dit, on pourrait peut-être en rester là ?

Le regard angoissé du bookmaker n'émut guère Marlow.

— Nous verrons, répondit-il. En attendant, mettez-vous au vert.

Le chauffeur n'avait pas reçu de nouvel appel.

— Fleet Street, ordonna le superintendant.

CHAPITRE XXV

Jack Walks parlait au téléphone, rédigeait un article, fouillait dans un tiroir. regardait par la fenêtre, et tentait en vain du bout du pied de ramener vers lui une gomme qu'il avait fait tomber.

Higgins la ramassa et la posa sur le bureau du journaliste.

Stupéfait, Walks raccrocha et cessa d'écrire.

— Merci, inspecteur, mais...

— Comment allez-vous, M. Walks ?

Scott Marlow claqua la porte du bureau et s'y adossa.

— J'attends du monde, protesta le journaliste.

— Non, répondit Marlow ; tant que nous sommes ici, vous n'attendez personne.

La paupière gauche de Jack Walks s'agita frénétiquement.

— Vous me prenez en otage ?

— Je répète ma question, dit Higgins : comment allez-vous ?

— Bien, très bien.

— Ce n'est pas mon sentiment, vous êtes presque au fond du puits.

Walks alluma une cigarette et souffla à trois reprises sur l'allumette avant de réussir à l'éteindre.

— Moi ? Mais qu'est-ce que vous imaginez ?

— Nous savons tout.

— Tout ?

— Tout.

Le journaliste ricana ; ses mains et ses pieds ne cessaient de remuer.

— Tout, c'est rien... rien du tout.

— Je veux parler de cette liste, par exemple : Sandringham, Balmoral, Windsor, Crystal Palace.

— Des palais et des demeures royales : ma spécialité.

— Ni Sa Majesté ni les membres de sa famille n'habitent à Crystal Palace.

— Vous avez raison. Mais en quoi cette liste me concerne-t-elle ?

— Les paris.

Walks écrasa dans un cendrier sa cigarette à peine fumée et en alluma une autre.

— Quels paris ?

— Les courses, indiqua Higgins ; ces noms sont ceux de chevaux sur lesquels vous avez parié. À votre astrologue, vous avez demandé de l'aide : lequel serait gagnant ?

— Il a refusé de me répondre.

— Et vous l'avez tué.

Jack Walks se leva comme un diable jaillissant de sa boîte.

— Vous êtes fou ! Je n'ai tué personne !

— Vous êtes gravement endetté, souligna Higgins

avec calme ; des dates de remboursement ont été fixées et vous ne pouvez vous y soustraire d'aucune façon. Gagner aux courses devenait impérieux ; les « bons tuyaux », cependant, ne suffisaient plus. Un seul recours possible : la prédiction.

Le journaliste mâcha l'extrémité d'un crayon.

— D'accord, j'ai fait appel au père Junctin. Les chevaux ont une date de naissance et un thème astrologique comme les humains. Il pouvait donc prévoir leur destin et me donner le gagnant. Il n'a pas dit non, d'ailleurs, mais m'a demandé de changer et d'abandonner mon vice. Comme si on pouvait ne plus jouer quand on a le jeu dans le sang ! C'est tellement exaltant, l'incertitude... Ce cheval qui court, n'est-ce pas votre vie qu'il emmène avec lui ? On perd, bien sûr, mais on a toujours l'espoir de gagner.

— Ce n'était pas l'avis de Junctin Ampton.

— Un homme trop sage. Que pouvait-il comprendre au démon du jeu ?

— Il le comprenait si bien qu'il tentait de vous en délivrer.

— Mission impossible, inspecteur.

— Vous avez beaucoup perdu, M. Walks.

Le journaliste, agacé, cassa son crayon en deux.

— Comme n'importe quel joueur.

— Rembourser demeurait impératif ; où avez-vous trouvé l'argent ?

— Des copains, à droite, à gauche.

— Leurs noms ?

— Vous n'allez pas les ennuyer ; ce sont de braves garçons.

— À mon sens, précisa Higgins, vous n'avez eu qu'un seul appui et je connais déjà son nom.

Jack Walks roula des yeux étonnés.

— Il s'appelle Château Petrus, révéla l'ex-inspecteur-chef.

Le journaliste, vif comme une anguille, se précipita vers la porte de son bureau et tenta de contourner Scott Marlow ; mais le superintendant joua de sa masse athlétique et ceintura le fuyard qui fut promptement ramené vers son siège.

— Si vous recommencez, prévint Marlow, je vous attache au radiateur.

— Ne faites pas ça ! J'ai horreur d'être immobilisé.

— Mieux vaudrait éviter la prison.

Le journaliste fut horrifié.

— Je ne supporterai pas cette épreuve. Épargnez-moi, je vous en supplie !

— Nous voulons la vérité, exigea Higgins, paternel.

À l'idée d'être prisonnier derrière des barreaux, Walks fut au bord des larmes.

— Il vous fallait trouver très vite de l'argent, continua l'ex-inspecteur-chef ; mais plus personne n'acceptait de vous en prêter. Vous avez appris que votre astrologue détenait un véritable trésor dans sa cave : des bouteilles de vin historiques faciles à vendre à des amateurs fortunés. Qui vous a informé ?

Le journaliste avala sa salive.

Marlow sortit des menottes.

— Mon amie Dorritt Hawkhurst.

— La décoratrice ?

— Une fille formidable. Elle connaît le vin à merveille et a parlé de ses goûts à Junctin. Il lui a confié qu'il possédait des raretés ; elle me l'a dit lors d'un dîner et ça m'a donné une idée. Le reste n'a pas été difficile. J'ai pu accéder à la cave et prélever les bouteilles qui m'intéressaient.

— Sont-elles déjà vendues ?

Honteux, le journaliste baissa la tête.

— Mon bookmaker ne plaisante pas.

— Avez-vous conscience de la gravité de votre acte ? demanda Marlow, que le vol irritait au plus haut point.

— Je ne commettrai plus ce genre d'erreur, c'est juré !

— Malheureusement, une faute est une faute.

— Non ! Ne m'emprisonnez pas, je vous en supplie.

Higgins, après avoir pris des notes, feuilletait son carnet noir.

— Il faudrait nous en dire beaucoup plus, M. Walks.

Le regard de Higgins, à la fois compréhensif et sévère, transperça l'âme du journaliste.

— Ce... ce n'est pas facile.

— Si vous vous taisez, vous pourriez bien être considéré comme l'unique responsable de la mort de Junctin Ampton.

Jack Walks frappa des deux poings sur son bureau, faisant tressauter gomme, stylos et crayons.

— Là, je ne marche plus ! N'importe qui, dans notre corporation, aurait pu l'assassiner.

— Votre « corporation » ?

Le journaliste froissa une feuille de papier et la jeta dans sa corbeille.

— Je suis persuadé que vous êtes déjà au courant ; vous êtes trop futé, inspecteur, pour ne pas avoir compris depuis longtemps.

— Les sept planètes, n'est-ce pas ?

— Bien sûr ; non seulement Junctin Ampton nous a choisis, mais encore il a organisé une rencontre afin de voir comment nous réagirions. En fin de compte, nous avons formé une sorte de club.

— Qui le présidait ?

— Le plus titré, Sir Henry Bridgewood, pour commencer ; il était prévu que nous occupions le poste un an, l'un après l'autre. Cette année, depuis cinq mois, c'est Montfort Leamington qui règne sur notre petit cercle.

— En quoi consistent vos activités ?

— Nous en faisons le bilan, précisément, et nous les analysons à travers le prisme des planètes ; une fois par mois, c'est l'occasion d'un excellent dîner.

— Occupation bien innocente, estima Higgins ; oublieriez-vous la vérité, M. Walks ?

Marlow fit résonner les menottes.

— Un instant ! protesta le journaliste. Nous avons aussi... un centre d'intérêt commun.

La bouche sèche, Jack Walks avala un verre d'eau, comme un rescapé du désert.

— Vous devenez passionnant, estima Higgins ; pourriez-vous être plus précis ?

— Il s'agissait de réaliser quelques affaires en Asie.

— Sous l'impulsion de M. Leamington, je présume ?

— C'est notre président actuel, rappela le journaliste ; son projet est séduisant, à plus d'un titre. Les uns en profiteront pour faire des affaires, les autres un agréable voyage. Peut-être...

Le journaliste hésita.

— Peut-être devriez-vous vous interroger davantage sur Junctin Ampton ?

— Expliquez-vous.

— Jusqu'à présent, vous le considérez comme une victime... et s'il était aussi coupable ? Il nous manipulait, d'une certaine manière. Dans quelle intention ? Je l'ignore.

Higgins inaugura une nouvelle page de son carnet noir.

— Vous... vous me laissez en liberté ? questionna Jack Walks avec inquiétude.

— Pour le moment, répondit Marlow.

D'un revers de la main, le journaliste essuya la sueur qui perlait à son front.

CHAPITRE XXVI

— Message urgent ? demanda Marlow.

— Non, répondit le chauffeur. Mlle Hawkhurst vient d'entrer aux bains turcs.

— Allons-y, demanda Higgins ; il pourrait s'agir d'un rendez-vous avec un membre du club.

— Entendu, je fais vite.

Le chauffeur tint parole ; la voiture de service, après avoir dépassé tous les véhicules lents, stoppa devant les *Oriental Baths*, dans Victoria Street.

Marlow et Higgins se présentèrent au gérant de l'établissement qui reconnut que Dorritt Hawkhurst était une cliente régulière, adepte des bains de vapeur et des massages. Elle venait précisément de commencer une séance de soins. Accédant à la requête de Scotland Yard, il accepta de la déranger et de lui proposer de s'entretenir avec les deux policiers dans un salon particulier.

Dorritt Hawkhurst, le visage encore mouillé, ses cheveux noirs tombant sur les épaules, ressemblait à Vénus sortant des eaux, à l'exception du peignoir blanc dont elle se couvrait ; les doux yeux verts se faisaient à la fois aimables et critiques.

— Êtes-vous si pressés de me voir, messieurs ?

— En effet, mademoiselle, répondit Higgins ; pardonnez-nous de faire irruption ici, mais nous ne pouvions plus attendre.

La décoratrice s'étendit sur une table de massage et ferma les yeux ; son corps splendide semblait offert à qui voulait le prendre. Marlow regarda au plafond, Higgins consulta son carnet noir.

— Je vous écoute, dit-elle d'une voix suave.

— Nous connaissons à présent l'existence de votre club... planétaire ; vous avez omis de nous en parler, me semble-t-il.

— Je suis plutôt cachottière de tempérament ; un petit secret comme celui-là ne saurait entraver la marche de votre enquête.

— Question d'appréciation ; M. Leamington est votre président, n'est-il pas vrai ?

— Il a succédé à Sir Henry Bridgewood, un aristocrate froid et très saturnien ; je lui préfère notre jupitérien Montfort qui est moins distingué mais beaucoup plus aimable. La passation de pouvoir ne s'est pas déroulée dans le meilleur climat ; Sir Henry aimait les réunions austères et guindées, dans sa vieille demeure glaciale. Il détestait les mondanités, les cocktails et les discussions ; Montfort Leamington est très différent, par bonheur ! Il choisit des endroits sympathiques pour nos réunions, les meilleurs traiteurs et le meilleur champagne.

— Comment se comporte Sir Henry ?

— Fidèle à sa parole, il assiste à nos réunions ; autant Montfort est volubile, autant il est silencieux.

Jack Walks fait des plaisanteries, Linda Halmond parle de ses voyages, Balthalzar Link évoque les modes futures, Anthony Weeks narre ses exploits sportifs... des entrevues charmantes, en définitive, qu'aucun d'entre nous ne manquerait.

— Je veux bien l'admettre, mademoiselle, mais n'existait-il pas un motif plus sérieux ?

— Sir Henry exigeait le respect de la tradition dans nos domaines respectifs ; Montfort est plus ouvert au monde extérieur et souhaite nous faire participer à ses affaires, d'une manière ou d'une autre.

— L'Asie ?

— Un beau thème de conversation, en effet ; Balthazar Link et Montfort pensaient s'y implanter et j'avais fort envie de découvrir des pays magiques comme la Thaïlande, le Laos et le Cambodge.

— Junctin Ampton n'assistait pas à ces réunions ?

— Jamais.

— Pourtant, il vous avait mis en contact.

— Nous étions *ses* planètes. Nous voir vivre était son unique passion.

— Ne le soupçonniez-vous pas de vous manipuler ?

— Junctin ? Ça n'aurait aucun sens !

— Les êtres sont si mystérieux.

— Junctin se contentait d'étudier nos destinées.

— Il a pourtant été assassiné.

Dorritt Hawkhurst se tourna sur le côté gauche et prit appui sur son coude.

— Ça ne tient pas debout, inspecteur ; nous avions besoin de lui.

L'ex-inspecteur-chef avait rarement contemplé

femme aussi belle ; échapper à ses envoûtements ne devait pas être facile.

— Vous aimez le très bon vin, mademoiselle.

Les yeux se firent plus tendres encore.

— J'aime tous les plaisirs.

— Le Château Petrus est l'un des plus délicats.

— Vous avez un goût excellent.

— Junctin Ampton l'avait aussi, de même qu'un lot historique de Château Petrus.

— Il ne me l'avait pas caché.

— À qui en avez-vous parlé ?

— Le fait a été évoqué dans notre petit cercle.

Higgins biffa une hypothèse ; il ne croyait pas à la complicité de Dorritt Hawkhurst dans le vol des précieuses bouteilles.

La décoratrice, alanguie, s'était de nouveau allongée.

— C'est le meilleur moment de détente de la semaine ; le week-end, je suis souvent par monts et par vaux, obligée de rencontrer mes clients dans un château ou un manoir.

— Désolé de vous importuner, mais je dois également vous parler d'une lettre de rupture que vous avez écrite.

— Ne sommes-nous pas tous passés par cette épreuve, un jour ou l'autre ?

— Pas dans le cadre d'une affaire criminelle ; à qui reprochiez-vous trop de fougue et un manque de douceur ?

— C'est plutôt gênant, inspecteur. Comment avez-vous eu accès à ma correspondance privée ?

— En enquêtant sur la mort de l'astrologue.

— Je comprends mal, mais je n'ai plus le droit de me taire, semble-t-il.

— Vous nous obligeriez, le superintendant et moi-même.

— Anthony Weeks et moi avons eu une liaison plutôt... orageuse ; je ne déteste pas la passion, mais je hais la brutalité. Ce cher Anthony est allé trop loin et ne méritait plus mon affection.

— Ne seriez-vous pas revenue sur votre décision et n'auriez-vous pas déchiré cette missive ?

— Certes pas ; je l'ai postée moi-même.

— Reconnaissez-vous cet objet, mademoiselle ?

Dorritt Hawkhurst se redressa et s'assit sur le rebord de la table de massage. Higgins lui présenta le bas de soie découvert sur le lieu du crime.

— Oui, inspecteur ; il m'appartient ; pourquoi est-il entre vos mains ? C'est tout à fait extraordinaire !

— Où l'avez-vous perdu ?

— Nulle part !

Scott Marlow intervint.

— Ce bas est une pièce à conviction de première importance, mademoiselle ; faites un effort.

— Tout ce que je peux vous dire, c'est que je ne l'ai pas perdu.

CHAPITRE XXVII

Higgins et Marlow demeurèrent quelques instants dans le hall d'entrée du bain turc.

— Ce bas est l'arme du crime, Higgins ; vous en êtes persuadé depuis le début de l'enquête. Le charme de cette sirène ne doit pas nous égarer.

— Quelque chose ne va pas, cependant.

— Dorritt Hawkhurst n'a pas nié qu'il lui appartenait : une ruse de plus, afin de nous faire croire à sa sincérité.

— La voyez-vous sortir de chez son astrologue avec un seul bas ?

— Elle a pu ôter l'autre.

— Même en criminelle, elle n'aurait pu commettre une telle faute de goût.

— Je la considère comme une mante religieuse, s'obstina Marlow ; elle était tombée amoureuse de son astrologue et l'a assassiné à la suite d'une violente querelle. C'est lui qui a rompu avec elle ; Dorritt Hawkhurst ne l'a pas supporté. Après avoir commis son acte fatal, elle a perdu la tête et oublié le bas avec lequel elle avait étranglé sa victime.

— Votre hypothèse est à la fois troublante et tentante ; un homme nous éclairera peut-être.

***

Les nuages se déchirèrent, laissant la place à un soleil de printemps qu'avait si bien chanté Harriett J.B. Harrenlittlewoodrof dans sa *Cantilène de mai* :

Longue traînée du matin naissant,
En langues d'or nées de l'Eden
Tu parais à l'orient des collines
D'où le regard surgit à jamais.

Le temps n'avait aucune influence sur la conduite du chauffeur de la voiture de service qui atteignit Jermyn Street en un temps record. L'inspecteur chargé de surveiller Anthony Weeks n'avait rien à signaler.

C'est un homme en sueur, une serviette autour du cou, uniquement vêtu d'un short de boxeur, qui ouvrit aux deux policiers.

— Je m'entraînais au punching-ball. Du nouveau ?

— C'est selon, dit Higgins.

— Eh bien, venez m'expliquer ça autour d'un jus de carotte ! Ça vous donne une énergie formidable, le matin. Ajoutez-y un fromage de chèvre français, et vous démarrez la journée sur les chapeaux de roue.

— Nous venons d'en faire l'expérience, indiqua Higgins.

— Ah bon ? Alors, on passe au whisky... non, j'ai mieux ! Un cocktail à ma façon : brandy, gin, porto, curaçao et whisky.

Même Marlow recula devant l'épreuve : la négociation se termina par un café que dégustèrent les deux policiers pendant que l'athlète prenait sa douche. Ils avaient difficilement trouvé une position à peu près stable sur deux chaises en acier trempé au dossier en forme de fusil.

Quand Weeks réapparut, il portait un pantalon de survêtement et une chemise rouge vif, largement ouverte sur sa poitrine à l'abondant système pileux.

— Vous ne semblez pas très occupé, ces jours-ci, remarqua Higgins.

— Un week-en de repos, ce n'est pas superflu ! Après notre petite discussion, je vais faire une centaine de longueurs à la piscine et un peu de musculation ; cet après-midi, un match de cricket et un tournoi de tennis. Et demain, je passe ma journée sur le ring : la boxe, rien de tel pour vous remettre les idées en place !

Higgins ne s'habituait pas au décor métallique du somptueux appartement : Scott Marlow semblait fasciné par les *zaô-gongen*, les génies à la chevelure hirsute et aux yeux rouges, dont les couteaux et les cordes semblaient menacer le visiteur le plus amical.

— Vous avez oublié le polo, nota Higgins.

— Mon cheval préféré est souffrant ; quand je ne dispose pas des meilleures armes, je ne m'aligne pas dans une compétition. Ce qui m'intéresse, c'est gagner.

Weeks s'était assis sur un cube métallique, acheté à un concasseur. Le dos bien droit, le torse puissant, la voix tonitruante, il semblait très décontracté.

— Et cette enquête, messieurs ?

— Elle progresse à pas de géants, répondit Marlow.

— Dans quelle direction ?

— Celle d'un club discret de sept personnalités réunies par l'astrologie, précisa Higgins.

L'athlète se troubla.

— On vous a mis au courant. Ce bavard de Walks, je suppose ; il n'a jamais su tenir sa langue.

— Était-ce si nécessaire ?

— Ce club était un secret amusant.

— Que pensez-vous de votre président ?

— Leamington est un type entreprenant ; mais Sir Henry n'était pas déplaisant non plus, dans un style très différent. La vie saine et rude, j'aime ça. Quand il a quitté la présidence, il a donné un oignon sans aiguilles à Junctin pour lui démontrer que le temps n'existait pas ; superbe, non ?

— En partance pour l'Asie, vous aussi ?

— J'espère bien ! Quelques rounds de boxe thaïlandaise, ça ne me déplairait pas.

— Nous devons vous parler d'une lettre, annonça Higgins.

— Le courrier, ce n'est pas mon fort ; je préfère affronter les gens en face.

— Dorritt Hawkhurst, elle, a préféré vous écrire.

Il leva le poing serré.

— Ah, celle-là !

— Vous avez bien reçu sa lettre de rupture.

— Sa dixième lettre de rupture, vous voulez dire ! Au fond, on s'adore ; mais s'il n'y avait pas de drame, elle s'ennuierait. Là, elle a exagéré ! M'accuser d'être violent, moi !

— Avez-vous tenté de la convaincre de revenir sur sa décision ?

Très embarrassé, l'athlète se servit un verre de son cocktail favori.

— J'avais mieux à faire.

— Pourriez-vous être plus clair ?

— Le plus doué pour résoudre ce type de problème, c'était Junctin ; que Dorritt fût fâchée, peu importait. Lui, il me donnerait la date à laquelle elle se calmerait. Je n'aurais eu qu'à attendre.

— Aurait-il refusé ?

— Au lieu de me prédire l'avenir, il m'a sermonné.

— Sans doute n'admettait-il pas que l'on frappât une femme.

— Frapper, frapper, comme vous y allez ! J'ai un peu bousculé Dorritt, d'accord, mais elle l'avait bien cherché ! Elle sait être si agaçante, parfois.

— Junctin n'admettait pas votre attitude.

— Ce n'était pas à lui de me juger ! s'emporta l'athlète. Il n'avait qu'à faire son travail, après tout !

— Quand a eu lieu votre dernière entrevue ?

— Je ne sais plus.

— Je parierai volontiers sur lundi, le jour de l'assassinat.

— Mais non !

Weeks devenait rouge de colère ; Marlow se leva, se demandant si le dénouement approchait.

— Vous êtes allé voir Junctin Ampton avec la lettre de rupture, déclara Higgins, la lui avez lue et sollicité ses conseils afin d'attendre la meilleure période pour reprendre votre maîtresse. Il a refusé et a exigé une modification de votre comportement. Furieux, vous avez déchiré la lettre.

L'athlète tourna le dos aux inspecteurs.

— Ça s'est passé comme ça, en effet.

— C'est la suite qui nous intéresse, indiqua Marlow.

— La suite ? Quelle suite ?

— Vous n'en êtes pas resté là, je suppose ; vous n'êtes pas homme à échouer, selon vos propres paroles. Sans doute avez-vous secoué un peu trop fort l'astrologue qui ne cédait pas à vos exigences.

— Jamais de la vie ! hurla Anthony Weeks. Corriger une écervelée et une aguicheuse, ce n'est pas interdit ; mais on ne frappe pas un être aussi respectable que Junctin Ampton. Pour moi, c'était un ami ; grâce à lui j'ai fait fortune. Son refus et son sermon m'ont énervé, j'en conviens, mais c'est tout.

CHAPITRE XXVIII

— Nous aurions dû l'arrêter, estima Scott Marlow ; ce Weeks est un violent, un maniaque, et il ment comme il respire.

— Il nous manque des éléments, estima Higgins.

Le chauffeur roulait à très vive allure sur les petites routes de campagne en direction du domaine de Langsam. Il coupait les virages, doublait sans visibilité et bondissait par-dessus les dos-d'âne avec une virtuosité stupéfiante. À plusieurs reprises, Marlow avait cru l'accident inévitable, mais un ultime coup de volant avait rétabli la situation. Sifflotant une vieille chanson galloise, le chauffeur continuait à ignorer l'usage du frein.

— Ne devrions-nous pas ralentir ? interrogea Marlow.

— Ce ne serait pas prudent, estima Higgins.

Une violente averse ne perturba pas l'ex-rallyman. Au contraire, la route mouillée lui permit de prouver l'étendue de son talent. Glissades, dérapage contrôlé, amorce de tête-à-queue avec redressement en pleine vitesse n'avaient aucun secret pour lui. Marlow se félicita de n'avoir pas déjeuné. Higgins, en dépit de son calme, paraissait contrarié.

— C'est curieux, avoua-t-il, une vision m'échappe.

— Une vision ? s'étonna le superintendant, redoutant que Higgins ne tombât dans l'une de ses crises mystiques qui lui faisaient préférer l'intuition à l'analyse.

— Une image, une scène ou quelque chose dans ce genre. Nous l'avons vue, vous et moi, sans y prêter attention, alors que c'était essentiel.

— Ce détail ne figure-t-il pas dans votre carnet ?

— Probablement, mais pas en exergue comme un indice majeur. Peut-être ai-je tort.

— Quel est le suspect concerné ?

— Je l'ignore, mon cher Marlow ; souhaitons que cette image me revienne ou que nous assistions à la même scène. Cette fois, je serais plus conscient.

Peu après midi, les deux policiers furent accueillis par le serviteur de Sir Henry, équipé de son parapluie hors d'âge.

— Sir Henry déjeune à midi quinze, précisa-t-il ; je ne sais s'il acceptera de vous recevoir.

— Veuillez insister ; c'est important.

Le serviteur s'inclina. Higgins et Marlow patientèrent dans le petit salon, à droite de l'entrée ; il semblait encore plus humide que lors de leur première visite.

Sir Henry en personne vint au-devant de ses visiteurs.

— Que puis-je pour vous, messieurs ?

Henry Bridgewood, dans un costume noir, était la

parfaite figure de l'aristocrate anglais qui s'habille pour les repas, même s'il est seul à table. Une cravate en soie blanche ornait son plastron et faisait ressortir la maigreur du visage dont la sévérité ne se démentait pas un seul instant.

— Notre enquête continue, déclara Higgins, et nous aimerions vous poser quelques questions.

— Accepteriez-vous de partager mon repas ?

— Avec plaisir.

La salle à manger était sombre et sinistre. Deux chandeliers dispensaient une faible lumière. Sur la table en chêne, datant du Moyen Âge, des assiettes en terre cuite et des couverts en bois.

— Un service que l'on ne saurait plus refaire aujourd'hui, précisa Sir Henry ; je ne bois que de l'eau de ma source et ne mange que des volailles de mon poulailler.

Le serviteur apporta un *apple-pie* de bonne qualité et du poulet froid.

— Manger peu est la clé de la longévité, affirma Sir Henry ; un pays comme le nôtre devrait éviter la ripaille et l'excès. Les peuples trop bien nourris glissent vers la décadence.

Marlow aurait apprécié un peu de vin, mais n'osa formuler sa requête ; l'aristocrate lui glaçait le sang et il redoutait une réplique coupante comme une faux.

— Vous êtes un fervent partisan de la simplicité, avança Higgins.

— « Fervent » est de trop, inspecteur ; il suffit d'être fidèle à une ligne de conduite, et il ne saurait y en avoir d'autre que le respect des coutumes.

— Vous fûtes le premier président d'un club bien étrange.

La mécanique des gestes lents de Sir Henry ne se dérégla pas.

— Qui vous en a parlé ?

— Les autres membres du club.

— Bavards et frivoles : voilà les individus d'aujourd'hui.

— L'idée vous avait-elle amusé ?

— Amusé n'est pas le mot ; je devais ce service à Junctin Ampton, un homme droit et honnête. Il souhaitait une expérience que je n'avais pas le droit de refuser.

— Comment s'est déroulée votre année de présidence ?

— J'ai tenté d'emmener les adhérents vers davantage de rigueur ; un personnage comme Balthazar Link, soucieux de l'étiquette et du protocole, a fait quelques progrès. Mais que demander à un individu bouillant comme Weeks, à un frivole comme Walks, à des femmes, ou pis encore à un marchand comme Leamington ? La vraie Angleterre devrait placer ces négociants au bas de l'échelle sociale. L'argent et les honneurs, voici leur seule loi !

— Vous n'appréciez guère l'orientation prônée par Montfort Leamington.

— Je la condamne fermement, inspecteur ; bâtit-on un empire avec des mondanités et des réceptions ? J'ai promis à l'astrologue de demeurer membre du club et je tiens mes promesses ; mais Leamington n'obtiendra rien d'autre que ma réprobation.

— Vous n'irez donc pas en Asie ?

— Le grand projet commercial ! Je m'en moque, d'autant que je déteste les voyages. Est-il un endroit plus agréable et plus traditionnel que ce domaine ?

Marlow ne s'occupait que de son assiette ; Higgins avait adopté le même rythme que leur hôte et mangeait aussi lentement que lui.

— Cet objet vous appartient-il ? demanda l'ex-inspecteur-chef en posant sur la table l'oignon sans aiguilles.

— Non, répondit Sir Henry. Je l'ai offert à Junctin Ampton ; désormais, même au-delà de la mort, c'est à lui qu'il appartient.

— Étrange cadeau.

— Le temps est si important, pour un astrologue ; j'ai voulu lui montrer qu'il n'existait pas.

— Pourtant, nous vieillissons.

— Le temps ne vieillit pas, lui ; il se nie lui-même. Et l'Angleterre doit être hors du temps.

— L'astrologue partageait-il vos positions ?

— Il ne s'intéressait qu'à son art et trop peu au monde extérieur... et puis il n'était pas d'origine anglaise. Je ne pouvais lui reprocher son manque de rigueur dans sa démarche patriotique.

— N'étiez-vous pas si différents l'un de l'autre que tout vous opposait ?

— C'est trop dire ; nous éprouvions une estime réciproque. Un professionnel de son talent mérite le respect.

— Pensez-vous que Junctin Ampton aurait pu manipuler les membres du club qu'il avait réunis ?

— Croyez-vous que je suis manipulable ?

Higgins sourit.

— Vos six collègues astrologiques sont peut-être plus malléables.

Les yeux noirs de Sir Henry devinrent perçants.

— Que sous-entendez-vous, inspecteur ?

— Junctin Ampton faisait-il chanter l'un de vous ?

— Très improbable. Si vous l'aviez connu, l'idée ne vous serait même pas venue.

— Un être aussi intelligent que lui sait à merveille dissimuler son jeu.

— Un maître chanteur a besoin d'argent ; ce n'était pas son cas. Quant à son jeu personnel, il n'existait pas ; son unique passion, c'étaient ses sept planètes qu'il avait réunies au soir de son existence. Pourquoi se serait-il vautré dans un immonde chantage ?

CHAPITRE XXIX

La voiture de service, en dépit d'une perte de temps due à un convoi de tracteurs qui obstruait la route, parcourut le trajet du retour en cinq secondes de moins que celui de l'aller. Aucun appel d'urgence n'avait été diffusé sur la radio de bord.

Scott Marlow espérait trouver sur son bureau un quelconque rapport qui apporterait un éclaircissement sur le meurtre de l'astrologue ; ses espoirs furent déçus. Il commanda deux cafés serrés.

— Avez-vous revu votre « image », dit Higgins ?

— Hélas ! non. Elle me fuit.

— Les suspects ne manquent pas ; si nous procédions à une arrestation, nous pourrions déclencher un processus nouveau, même en nous trompant d'assassin.

— Stratégie intéressante. Auparavant, je veux en savoir davantage sur les projets asiatiques de ce club extraordinaire.

Le superintendant était abattu.

— L'après-midi de vendredi débute... Lundi, je serai officiellement dessaisi, et subirai le premier échec grave de ma carrière.

— Il nous reste encore quelques heures. Avez-vous noté le lien des suspects avec la famille royale, mon cher Marlow ? Balthazar Link est conseiller pour le protocole ; Jack Walks est spécialiste des potins la concernant ; Linda Halmond organise certains de ses voyages ; Montfort Leamington fait des affaires avec la Couronne ; Dorritt Hawkhurst décore ses propriétés ; Sir Henry entretient ses forêts.

— Seul Anthony Weeks échappe à ce critère.

— Plus ou moins : c'est un ancien *Horse Guard*.

— Dans son cas, le lien est très ténu.

— Vous avez raison. Il me faut néanmoins obtenir une réponse à la question que je me pose.

— Que comptez-vous faire ?

— Interroger Buckingham Palace.

*
**

La reine et ses proches partis en week-end, l'agitation habituelle du palais commençait à s'atténuer. Aux cuisines, après une semaine intense où Sa Majesté avait présidé plusieurs grands dîners, on soufflait. Higgins demanda à rencontrer un personnage fort peu connu du grand public, membre de l'establishment et chef du corps de protection rapproché de la reine. Ancien d'Oxford, alors que Higgins avait travaillé à Cambridge, il prenait sa tâche à cœur et s'entourait d'hommes compétents et dévoués, même si ceux-ci étaient parfois violemment attaqués par la presse qui critiquait sévèrement les mesures de protection, jugées insuffisantes et archaïques.

Higgins et lui ne s'aimaient pas. L'aristocrate accepta néanmoins de le recevoir ; l'affaire de l'astrologue assassiné n'avait pas encore été ébruitée, et il savait que l'ex-inspecteur-chef s'en occupait de près ou de loin. Comme il semblait jouir de certaines protections plutôt étonnantes, mieux valait ne pas heurter les convenances.

— Vous me pardonnerez, mon cher, de vous recevoir dans un bureau annexe.

— Je vous en félicite, déclara Higgins ; ce que vous avez à me dire est tout à fait confidentiel.

— Pardon ?

— Vous m'avez parfaitement compris.

— Ce que *moi*, j'ai à vous dire ? Vous devez vous tromper !

— En aucune façon.

— J'avoue que vous me surprenez beaucoup ; s'il s'agit d'une plaisanterie...

— Un assassinat ne mérite pas ce qualificatif, estima Higgins.

— Vous évoquez le cas de l'astrologue Junctin Ampton ?

— Vous êtes bien renseigné.

— C'est mon métier.

— Je voulais parler d'un autre assassinat, révéla l'ex-inspecteur-chef.

— Lequel ?

— Celui qui sera commis dimanche, à huit heures trente.

— Ici, à Buckingham ?

— Je ne pense pas.

L'aristocrate se tourna légèrement de côté, pour marquer sa désapprobation.

— En ce cas, je ne suis pas concerné.

— Je ne vous soupçonne pas, révéla Higgins.

— Inspecteur ! Vous dépassez les bornes !

— Nous n'avons pas les mêmes, cher ami.

— Je suppose que nous n'avons plus rien à nous dire ?

— Au contraire ! Vous oubliez les renseignements confidentiels que vous me devez.

— En quel honneur ?

— Pour éviter le second crime dont je vous parlais ou, du moins, pour démonter une machination.

— Qui est visé ?

— Je l'ignore.

L'aristocrate haussa légèrement les épaules.

— Voilà une enquête bizarrement menée ! Que voudriez-vous donc savoir ?

— La liste des déplacements de la famille royale pour les mois à venir.

— C'est quasiment un secret d'État, inspecteur !

— N'exagérons rien, je m'adresse à vous parce que je suis très pressé.

— Eh bien, allez remuer la presse ou je ne sais quels cancans.

— Je vous le répète : je suis très pressé.

— Je refuse.

— Comme il vous plaira. Lorsque le deuxième meurtre aura été commis, vous serez désigné comme complice.

— Vous divaguez !

— Je suis très sérieux et ne vous accuserai pas à la légère.

— Cette escarmouche est bien inutile.

— Tel n'est pas mon avis.

Pincé, l'aristocrate consulta son agenda privé où il notait les déplacements d'ores et déjà organisés, et les prévisions à court et à moyen terme. Il donna les noms de chaque membre de la famille et leurs destinations.

Lorsqu'il referma l'agenda, Higgins, qui déambulait en croisant les mains derrière le dos, s'immobilisa.

— Rien... absolument rien, marmonna-t-il.

— Que dites-vous ?

— J'ai suivi une mauvaise piste.

L'aristocrate n'était pas mécontent de voir Higgins perplexe, presque vexé.

— Personnellement, je ne vous ai rien caché ; seriez-vous déçu, inspecteur ?

— Êtes-vous sûr de n'avoir rien oublié ?

— Ce n'est pas dans mes habitudes.

Higgins n'avait plus qu'une question à pose

— Aucun des membres de la famille royale projeté un voyage en Thaïlande ?

— Simple rumeur non confirmée.

— Qui doit s'y rendre ?

— Sa Majesté elle-même, si le dossier qui lui a été proposé la satisfait.

— Par qui ?

— Un homme d'affaires réputé, Montfort Leamington.

— À quelle date ?

— En avril, l'année prochaine.

— En avril !

La pondération et le calme de Higgins étaient deux de ses caractéristiques ; cette fois, il retrouva ses jambes de rugbyman, comme s'il quittait le bureau de Buckingham pour aller marquer un essai.

CHAPITRE XXX

Balthazar Link arriva le premier, à vingt heures précises, comme l'avait souhaité Higgins. L'ex-inspecteur-chef l'accueillit lui-même sur le seuil de la demeure de Junctin Ampton.

— Douce soirée, n'est-ce pas ?

— Plutôt agréable, inspecteur ; votre convocation, si impérative, m'a surpris ; j'ai eu une journée harassante et j'ai un dîner vers vingt-trois heures. Nous en aurons fini, j'espère ?

— Je l'espère aussi ; voulez-vous vous rendre dans le bureau de l'astrologue où le superintendant vous attend ?

D'une élégance raffinée, superbe dans son costume prince-de-galles où le moindre détail du tissu était soigné, Balthazar Link prit la direction indiquée par l'ex-inspecteur-chef. Son emploi du temps, selon le rapport transmis à Higgins, était exact.

Le suivit Anthony Weeks, en veste de cuir et pantalon léger.

— Me voici, inspecteur ; rude journée de sport, mais j'ai tout gagné. Ça conserve l'énergie. On dîne ou on cause ?

— On organise une séance exceptionnelle de votre club.

— Tiens donc !

Le visage carré d'Anthony Weeks devint moins conquérant.

— Dans le bureau de l'astrologue ?

— Belle intuition, M. Weeks.

— Eh bien, allons-y.

Montfort Leamington descendit de sa Rolls dont le chauffeur avait ouvert la portière. D'un pas tranquille, fumant sa pipe, il entra dans la demeure de la victime.

— J'ai cru apercevoir Weeks.

— C'était bien lui.

— Nous serons plusieurs ?

— Vous serez tous là.

— Heureuse idée, inspecteur ! La journée a été bonne : la signature d'un gros contrat, comme je les aime. La soirée devrait être excellente.

— Je vous le souhaite.

— Entre nous, murmura le négociant, vous tenez l'assassin ?

— Dieu vous entende.

— Vous êtes formidable, M. Higgins, formidable ! Mais qui voilà...

Descendant d'un taxi, Dorritt Hawkhurst s'était glissée dans une robe fourreau de satin rouge qui lui seyait à merveille en faisant apparaître les courbes harmonieuses d'un corps parfait. Une rivière de diamants, des boucles d'oreilles en or et trois bracelets du même métal au poignet droit la paraient à la perfection. Les cheveux noirs, coiffés en une cascade de boucles, servaient d'écrin à un visage de madone sensuelle.

— Chers amis ! dit-elle, charmeuse ; s'agirait-il d'une soirée ?

— En quelque sorte, répondit Higgins.

— Je crois que l'inspecteur nous a mitonné une jolie surprise ; puis-je vous donner le bras, ma chère ?

— Avec plaisir, Montfort ; à vos côtés, une femme se sent rassurée. J'ai passé la journée à me faire belle et je ne le regrette pas.

Le couple prit la direction du bureau de l'astrologue. De fait, Dorritt Hawkhurst était passée des *Oriental Baths* à un institut de beauté.

Jack Walks avait choisi le vélo ; il arriva avec une dizaine de minutes de retard.

— Mes excuses, inspecteur. Un article à boucler.

— Informations importantes ?

— Une fuite d'eau à Buckingham ; je n'ai pas eu le temps de vérifier. Qu'est-ce qui se passe, ici ?

— Nous verrons bien ; vos amis vous attendent.

Le journaliste était méfiant.

— Mes amis ?

— Les membres de votre club.

— Vous ne m'aviez pas prévenu. J'ai bien envie de prendre mes jambes à mon cou.

— Projet étonnant, que je vous déconseille de mettre à exécution.

Walks hésita, puis entra.

— Je suis fatigué.

— Le bureau... les courses.

— Oui, j'y suis allé, et j'y retournerai demain. Comme je vous l'ai dit, on ne se défait pas de cette passion-là. Toute critique est inutile.

Les épaules un peu voûtées portaient un poids très lourd ; le journaliste, sans se tromper, prit la direction du bureau de Junctin Ampton.

Comme si elle surgissait de nulle part, Linda Halmond apparut. Elle semblait frêle, dans son pantalon rose et sa veste violette.

— Je crains... je crains de m'être trompée d'heure.

— Rien de grave, mademoiselle.

— Je dois rester, à votre avis ?

— C'est indispensable.

— Je ne serai pas seule, n'est-ce pas ?

— Vous avez raison.

Elle recula, apaisée.

— Venez, mademoiselle ; il ne s'agit que des membres du club astrologique.

Le visage enfantin parut rassuré.

— En ce cas, je reste.

— Vos ballerines doivent être bien incommodes pour marcher dans les rues de Londres.

— J'ai l'habitude, inspecteur ; le monde n'est-il pas un théâtre où l'on danse ? Il faut être légère, sauter par-dessus les obstacles, éviter les pièges.

— Continuez, mademoiselle ; vos amis vous attendent dans le bureau de Junctin Ampton.

Elle s'éclipsa, légère.

Il manquait un membre du club, Sir Henry Bridgewood.

Higgins patienta un quart d'heure, puis rejoignit ses invités. L'atmosphère était plutôt gaie ; Montfort Leamington avait raconté deux plaisanteries et Anthony Weeks lui avait emboîté le pas. Scott Marlow ne fut pas mécontent de voir intervenir Higgins.

— Merci d'être venus, dit l'ex-inspecteur-chef.

— Cet endroit me fait un peu peur, déclara Dorritt Hawkhurst ; n'est-ce pas ici que notre cher Junctin fut assassiné ?

Higgins posa la main sur le fauteuil de l'astrologue.

— Il était assis sur ce siège quand on l'a étranglé par-derrière.

— Mon Dieu ! s'exclama la décoratrice, bouleversée.

Linda Halmond la prit dans ses bras.

— Reprenez-vous, chérie.

— Quels sont vos buts, inspecteur ? demanda Montfort Leamington.

— Je n'en ai qu'un seul : identifier l'assassin.

Le silence succéda à la déclaration de Higgins.

— Nous n'avons joué aucun rôle dans ce crime, protesta Jack Walks ; nous accuser serait monstrueux !

— J'ai le devoir d'envisager toutes les hypothèses, indiqua l'ex-inspecteur-chef.

— Sir Henry n'a-t-il pas été invité ? demanda Anthony Weeks.

— Bien sûr que si.

— Pourquoi ne vient-il pas ?

Linda Halmond poussa un cri d'effroi.

— Là, il est là !

Tous les regards convergèrent vers l'entrée du bureau.

Chapeau noir, gilet gris et pantalon rayé faisaient de Sir Henry Bridgewood un homme d'un autre âge, une sorte de spectre surgi des ténèbres.

CHAPITRE XXXI

— Je suis un peu en retard, déclara Sir Henry ; veuillez m'excuser. La route était encombrée et je conduis lentement.

— Vous n'avez plus de chauffeur, mon cher ? s'étonna Montfort Leamington.

— Je n'en ai jamais eu, je déteste les serviteurs inutiles.

L'atmosphère devint franchement glaciale. Sir Henry Bridgewood et Montfort Leamington s'affrontèrent du regard ; le négociant céda le premier.

— En tant que membre d'un club conçu par le malheureux Ampton, nous n'allons quand même pas nous disputer !

Montfort Leamington s'adossa à la bibliothèque en acajou, aux côtés de Dorritt Hawkhurst qui refusa la chaise qu'il lui proposait ; Jack Walks, à leur droite, se tint tout près du mécanisme du planisphère ; à sa gauche, un peu en retrait, Linda Halmond ; Balthazar Link occupa le centre de la pièce, face à Anthony Weeks, à demi assis sur le bureau de l'astrologue ; Sir Henry Bridgewood demeura près de la porte d'entrée que gardait le superintendant.

— Si vous avez quelque chose de décisif à déclarer, dit Balthazar avec irritation, hâtons-nous ! Je n'ai pas l'habitude, moi, d'être en retard à mes rendez-vous.

— Nous sommes ici pour célébrer la mémoire d'un homme de bien et d'un astrologue de génie, rappela Higgins ; aussi dois-je vous demander un peu de votre temps afin d'éclaircir quelques points mystérieux.

— Nous respections et aimions Junctin, affirma Linda Halmond ; tous, nous sommes prêts à vous aider. Nous passerons la nuit ici, s'il le faut.

— Parlez pour vous, ma chère ! protesta le grand couturier.

— Un peu de cœur ne vous ferait pas de mal.

— Je vous en prie ; ce genre de remarque est à la fois désobligeant et injuste.

— Calmons le jeu, proposa Montfort Leamington.

— Vous êtes le président du club, rappela Higgins ; à ce titre, je vous remercie de votre intervention. Mon rôle n'est pas facile, vous le comprendrez.

— Faites votre devoir, inspecteur ; nous voulons tous savoir qui a tué notre astrologue.

Higgins consulta ses notes.

— Plusieurs indices ont été découverts sur les lieux du crime ; notre enquête nous a permis d'en déceler l'origine et de comprendre la raison de leur présence. Cette simple indication devrait convaincre le coupable de se dénoncer.

— Le coupable ! s'exclama Linda Halmond. Vous ne pensez pas que l'un de nous...

— Il faut vous rendre à l'évidence, mademoiselle.

Ce fut au tour de Dorritt Hawkhurst de se montrer rassurante.

— L'inspecteur cherche à nous impressionner, ma chère ; ne te laisse pas prendre dans ses filets. C'est un homme redoutable.

— Dans la correspondance de l'astrologue se trouvait une double lettre provenant de Buckingham Palace ; malgré les dénégations officielles, il était clair qu'une commande officielle avait été adressée à Junctin Ampton.

— Nous n'étions donc pas ses seuls clients ? s'étonna Jack Walks.

— Non, et vous le saviez bien.

— Vous vous trompez, vous...

— Cessez de mentir, M. Walks.

— Vous êtes bien impérieux, inspecteur, estima Montfort Leamington.

— Il le faut, car vous me cachez une vérité essentielle.

— Telle n'était pas notre intention, croyez-le bien !

— Je ne le crois pas, précisément.

— Vous m'accusez de mensonge ?

— Par omission, M. Leamington ; avril est-il un mois qui vous séduit ?

— Pas plus qu'un autre.

— Mais si, intervint Sir Henry, grinçant ; c'est un mois merveilleux qui nous ravit tous. Pourtant, je préfère l'hiver. Mais Montfort vendrait bien les onze autres pour celui-là.

— J'ai beaucoup de respect pour vous, Sir Henry, intervint Anthony Weeks, furibond, mais notre président ne mérite pas ça !

Higgins fit quelques pas et s'arrêta devant Montfort Leamington.

— Je vais être plus précis : le 21 avril 1926, 2 h 40 minutes, Londres. En termes astrologiques, cela donne un ascendant Capricorne, Mars et Jupiter en Verseau, Vénus et Uranus en Poissons, Mercure en Bélier, Soleil en Taureau, Pluton en Cancer, Lune et Neptune en Lion et Saturne en Scorpion qui occupe une place privilégiée au sommet du thème. Dois-je préciser l'identité de cette personne ?

Seul le silence répondit à Higgins.

— Quoique vous continuiez à vous taire, vous conviendrez cependant que ce thème astrologique est celui de Sa Gracieuse Majesté, la reine Élisabeth II.

Scott Marlow sursauta.

— Qu'est-ce que ça signifie, Higgins ?

— L'hypothèse du complot était la bonne, mon cher Marlow ; ce club astrologique avait pris une décision peu banale, qui consistait à utiliser la reine d'Angleterre pour obtenir de fabuleux bénéfices commerciaux.

— Je m'y suis constamment opposé, indiqua Sir Henry.

— Moi aussi, ajouta Anthony Weeks.

— Très mollement, précisa Dorritt Hawkhurst ; vous fûtes vite convaincu, contrairement à Sir Henry.

— La reine est saturnienne, je suis saturnien, expliqua l'aristocrate ; tous les deux, nous estimons que le pays doit être gouverné avec rigueur et austérité. Mêler la reine à l'affairisme... quel scandale !

— Pourquoi ne pas avoir dénoncé le projet ? demanda l'ex-inspecteur-chef.

— Parce que j'avais donné ma parole à notre club ; en me succédant, Montfort Leamington a pris le contre-pied de ma politique. Je n'avais d'autres ressources que le silence et la désapprobation morale.

Higgins perçut le regard interrogateur de Marlow ; bien des explications manquaient encore.

— Quel était le travail de Junctin Ampton pour Buckingham ? S'occuper astrologiquement des anniversaires de la reine, c'est-à-dire du moment où le Soleil revient sur sa position natale. Parfois, il est nécessaire de se déplacer et de vivre son anniversaire à un endroit calculé astrologiquement pour éviter catastrophe, difficultés ou maladies. La technique est relativement simple, mais l'interprétation exige une grande expérience.

Aucun des membres du club ne réagit. Higgins se déplaça et s'arrêta devant Linda Halmond.

— C'est vous, mademoiselle, qui m'avez permis de comprendre en me rappelant le principe des voyages astrologiques lors des anniversaires.

Le visage enfantin de la jeune femme se tourna à droite et à gauche pour mieux quêter des excuses.

— J'ai trop parlé...

— Non, vous m'avez simplement mis sur la voie.

— Personne n'a rien fait de mal, inspecteur.

— Ce serait un beau rêve, mademoiselle, mais je suis obligé de le briser ; un cadavre ne s'élimine pas aussi facilement, surtout lorsqu'il s'agit de celui de Junctin Ampton.

CHAPITRE XXXII

Higgins relut rapidement deux pages de son carnet noir.

— Tous les membres du club, poursuivit-il, devaient se montrer fidèles au président en exercice.

— C'était le vœu de l'astrologue, révéla Anthony Weeks, et nous l'avons tous respecté.

— Quelle était la volonté de Montfort Leamington ? Développer ses affaires, notamment en Asie et plus précisément en Thaïlande. Avec sa générosité naturelle, il voulait en faire profiter ses amis, de façon directe ou indirecte. L'ancien Siam, quel beau pays ! Quelle terre d'avenir, surtout si l'on bénéficie d'une caution officielle. Leamington a proposé à Sa Majesté d'entreprendre ce voyage en avril prochain, avec une parfaite organisation. Tout semblait s'annoncer au mieux, mais un obstacle inattendu s'est révélé.

Higgins attendit en vain une confession ; il fut donc contraint de continuer.

— Cet obstacle fut Junctin Ampton lui-même. En étudiant le futur anniversaire de Sa Majesté, il jugea, en bon technicien, qu'elle devrait le passer à Londres, et nulle part ailleurs. Voilà qui contrariait beaucoup votre grand projet, M. Leamington, vous qui souhaitiez emmener Sa Majesté sur votre terrain de chasse.

— Contrariant, je vous l'avoue, mais les affaires sont faites de succès et d'échecs.

— Vous aviez trop investi pour vous contenter d'un échec et avez donc déployé la seule stratégie qui s'imposait ; elle a obtenu votre approbation, M. Link.

Le grand couturier ne réagit pas ; raide et compassé, il évita le regard de l'ex-inspecteur-chef.

— C'est vous, Balthazar Link, qui êtes allé voir l'astrologue afin de le convaincre de la justesse de vos vues ; en raison de vos relations privilégiées avec Buckingham, vous pouviez assurer à la reine et à sa suite que le protocole serait respecté à la perfection. Cette argumentation n'ébranla pas Junctin Ampton ; il vous somma de ne plus insister. Vous en êtes venus aux mains ; c'est à ce moment que vous avez perdu un bouton de manchette en or. Votre colère fut redoutable, M. Link.

— Légitime, inspecteur ; comment un détail astrologique pouvait-il entraver une expansion économique de cette importance ?

— De rage, vous avez tué votre opposant.

— Ne revenez pas à l'assaut ; vous savez bien que non. Devant l'obstination de Junctin, j'ai fait appel à notre président.

Higgins se tourna vers le négociant.

— Après son échec, Balthazar Link vous a demandé d'intervenir pour arrondir les angles.

— C'est bien possible.

— Vous avez utilisé une autre méthode, M. Leamington : pas d'attitude impérieuse, pas de déclaration péremptoire, mais une très grosse somme dans une enveloppe. Vous avez traité cette rencontre comme une affaire et tenté d'acheter votre astrologue pour qu'il oublie la loi du ciel. C'est pourquoi nous avons découvert sur son bureau une enveloppe remplie de billets de banque.

— Rémunérer correctement un spécialiste n'est pas forcément l'acheter.

— Vous avez commis une lourde erreur ; l'argent n'intéressait plus Juncton Ampton. Vous vous êtes querellés, il vous a agrippé par les revers de votre veston, et votre décoration de l'ordre de l'éléphant est tombée.

Le sourire du commerçant était énigmatique, mi-amusé, mi-angoissé.

— Parfois, les choses ne se déroulent pas comme on l'avait prévu ; c'est le piment de l'existence.

— Les colères d'un jupitérien peuvent être terribles, indiqua Higgins ; celle-là n'aurait-elle pas été meurtrière ?

— On ne tue pas pour une affaire ratée, inspecteur ; et puis, je n'avais pas perdu espoir. Je serais revenu à la charge.

— En vain, M. Leamington. D'une part, Junctin Ampton aurait prévenu Buckingham Palace ; d'autre part, il avait tenté de joindre Patrick Hurst, le diplomate, afin de vous empêcher d'obtenir les facilités administratives dont vous aviez besoin.

— Vous avez deviné ça aussi... Chapeau, inspecteur !

— Vous étiez tous complices dans cette affaire, affirma Higgins ; au cours de l'enquête, personne n'a accepté de révéler cette tentative d'utilisation mercantile de la Couronne. Elle s'est traduite par l'assassinat de l'astrologue qui vous avait tant aidés. Vous aviez tous intérêt, en fin de compte, à vous taire ; même vous, Sir Henry.

Higgins se dirigea vers l'aristocrate que Scott Marlow, un peu mal à l'aise, observait du coin de l'œil.

— J'avais donné ma parole, je vous le répète.

— Je n'en doute pas ; mais vous espériez surtout voir l'échec de Montfort Leamington.

— Rien ne saurait davantage me réjouir, confirma Sir Henry d'une voix glaciale et coupante.

— Vous misiez sur l'honnêteté et la fermeté de l'astrologue, et vous avez eu raison.

Consultant à nouveau ses notes, Higgins fit demi-tour, passa devant Anthony Weeks et Balthazar Link, et s'adressa à Jack Walks.

Le journaliste avait reculé, tentant de s'abriter derrière Linda Halmond.

— Joueur et voleur : voici un tableau désagréable, M. Walks. Aucun alibi pour le moment sur le meurtre, et un grave manque à gagner. Privé d'un voyage en Asie, vous ratiez aussi un formidable reportage qui vous aurait rapporté beaucoup d'argent.

— On ne peut pas gagner à chaque fois, protesta faiblement le journaliste.

— Et si Junctin Ampton vous avait donné le nom d'un cheval gagnant, d'un *outsider* sur lequel personne n'aurait misé ?

— Je l'aurais embrassé !

— Un baiser mortel, peut-être, pour éviter qu'il ne joue lui-même le bon cheval.

Walks ouvrit des yeux ébahis.

— Non... je vous jure que non ! Vous pouvez vérifier les paris : je n'ai rien gagné, depuis la mort de l'astrologue !

Higgins opéra un nouveau demi-tour pour s'intéresser à Anthony Weeks ; sa masse athlétique était vraiment impressionnante, mais l'ex-inspecteur-chef n'en avait cure. Marlow se préparait à un affrontement direct ; si le gaillard était coupable, il ne se laisserait pas arrêter sans résistance.

— Laissez tomber. Moi, je ne peux pas être coupable.

— Pourquoi donc ?

— L'Asie, ça ne m'aurait rien rapporté.

— Bien sûr que si, objecta Higgins ; vous auriez été engagé, à prix d'or, comme garde du corps. Vos états de service et vos capacités physiques auraient plaidé en votre faveur, et M. Leamington aurait donné le dernier coup de pouce. Là-bas, vous lui auriez également été fort utile comme homme de main dans certaines opérations plus ou moins douteuses, inévitablement liées au commerce international.

— Je ne vous permets pas de mettre en doute ma probité, protesta le négociant ; ma réputation...

— Vous avez cherché à corrompre, rappela Higgins, et ce n'était certainement pas votre coup d'essai ; oseriez-vous prétendre que toutes les opérations prévues en Thaïlande se seraient accomplies sans aucune entorse à la légalité ?

Montfort Leamington prit un air jovial et s'exprima avec une voix rassurante.

— Dans toutes les activités humaines, inspecteur, il faut composer et obtenir des compromis ; rien n'est blanc ou noir. C'est la loi de l'existence, surtout dans les affaires ; si un commerçant s'en tenait à la lettre des formalités administratives, il ferait vite faillite.

— Votre complice Patrick Hurst était payé pour fermer les yeux.

— Un homme de sa valeur et de sa compétence méritait quelque gratitude.

— Perdez tout espoir de lier Sa Majesté à votre trafic, M. Leamington, avertit Higgins avec gravité. Je ne vous laisserai pas faire, sachez-le.

L'ex-inspecteur-chef consulta un instant la page consacrée à l'athlète.

— Je ne vous avais pas oublié, M. Weeks.

CHAPITRE XXXIII

— Cette histoire de garde du corps, souligna Anthony Weeks, ça ne mène nulle part.

— Supposons que vos affaires ne soient pas aussi florissantes que vous le prétendez, avança Higgins ; supposons aussi que, depuis votre rencontre avec M. Leamington, vous ayez trouvé un ami, un protecteur et surtout un conseiller financier dont vous dépendiez de plus en plus complètement.

— Holà ! Ça ne va pas du tout, ça...

— Est-ce la vérité ?

— L'inspecteur Higgins a tendance à simplifier les problèmes, intervint le négociant, mais il n'a pas complètement tort. Inutile d'entreprendre une longue et pénible enquête administrative ; que nous soyons commercialement liés, Weeks et moi, n'a rien d'illicite. Anthony est un homme très attachant, dont je me plais à faciliter la carrière.

— Merci de votre sincérité, dit Higgins ; autrement dit, M. Weeks ne peut vous refuser aucun service.

— J'ai mon indépendance, protesta l'athlète.

— Sauf lorsque vous recevez un ordre impérieux.

— Qu'est-ce que ça veut dire ?

— Celui de supprimer un obstacle gênant.

Anthony Weeks fit face à l'ex-inspecteur-chef qui ne recula pas d'un pouce.

— Vous m'accusez d'avoir tué l'astrologue sur l'ordre de Leamington ?

— Dans votre appartement subsiste un précieux indice : les statues des génies *zaô-gongen* qui sont chargés de convaincre par la force les interlocuteurs récalcitrants.

L'athlète blêmit.

— D'accord, mais...

— Ils utilisent deux armes intéressantes : poignard et corde. N'auriez-vous pas serré un peu trop fort le cou de Junctin Ampton pour l'obliger à... composer ?

L'explosion d'Anthony Weeks fut si violente qu'elle fit sursauter Scott Marlow.

— Je cogne, je tape, je défonce, je cours, je saute, je hurle, je piétine, mais je ne tue pas ! Si on me met en prison pour un crime que je n'ai pas commis, je démolirai les grilles !

Weeks semblait prêt à défoncer le crâne de l'ex-inspecteur-chef qui se contenta de le regarder droit dans les yeux en lui renvoyant l'énergie négative de sa colère. L'antique procédé oriental fonctionnait parfois ; l'athlète frappa de son poing droit dans sa paume gauche au risque de se briser la main.

— Je m'en fiche, de l'Asie, des voyages et des fortunes faciles à gagner ! Demain, je peux être un vrai garde du corps, que ce soit pour protéger un ministre, assurer la sécurité des trois *garden-parties* de la reine ou celle d'une vedette de cinéma ! Je n'ai besoin de personne pour gagner ma vie !

Comme s'il était convaincu par cette spectaculaire démonstration d'innocence, Higgins délaissa le suspect et vint auprès de Linda Halmond.

La jeune femme se fit petite fille ; de ses longs cheveux noirs, elle cacha ses yeux.

— Vous êtes une personne étrange, mademoiselle, aussi fuyante et changeante que la lune qui domine votre thème ; grâce à vous, j'ai entrevu la vérité. On jurerait que vous m'avez mis sur la voie.

Linda Halmond se tut.

— Pourtant, poursuivit-il, l'organisation du voyage en Asie vous aurait offert argent et renommée. La réussite du projet Montfort Leamington vous intéressait au premier chef.

— C'est un peu vrai, admit-elle ; l'entreprise était difficile, mais j'aurais réussi.

— L'obstination de l'astrologue vous desservait.

— Montfort Leamington nous avait promis que tout s'arrangerait, comme d'habitude ; pourquoi ne pas le croire ?

— Et si vous aviez joué votre propre jeu en décidant d'éliminer le gêneur ?

— Je... je suis incapable d'un acte violent !

— Vous disposez d'une arme redoutable, votre ceinture berbère en cuir repoussé ; elle vous permettrait d'étrangler un vieillard sans dépenser beaucoup d'énergie et de ne pas laisser échapper une excellente affaire.

Linda Halmond écarta ses cheveux ; une folle angoisse troublait son regard.

— Non, inspecteur, non... Junctin était mon guide, mon père spirituel, l'être que je vénérais le plus au monde.

Higgins tourna la page et regarda la superbe Dorritt Hawkhurst.

— Pour moi, attaqua-t-elle, l'Asie ne présentait guère d'intérêt.

— Voyons, mademoiselle... M. Leamington ne vous avait-il pas réservé un fabuleux contrat de décoration pour les appartements de la famille royale et de sa suite ? La reine aime bien retrouver l'Angleterre, au cœur des pays étrangers. Vous lui auriez donné toute satisfaction.

— Admettons, dit Dorritt Hawkhurst avec un sourire enchanteur.

— Vous admettrez aussi que vous avez offert une flûte siamoise à votre astrologue, en utilisant l'arme du charme pour le convaincre d'être moins rigoureux.

— Là, vous vous trompez.

— Et je me trompe aussi en ce qui concerne votre bas de soie que vous auriez utilisé pour étrangler Junctin Ampton ?

— Erreur totale.

— Vous avez peut-être raison. Eh bien, comme meilleur suspect et coupable le plus pausible, je ne vois que vous, M. Link.

Le grand couturier ne réagit pas ; il considéra Higgins avec dédain.

— Conclusion que je qualifierai de stupide, inspecteur.

— Désolé de vous décevoir, mais il existe trois

indices contre vous. Le bouton de manchette en or, signe de votre querelle ; la flûte, à mon sens, traduit un défi que vous avez jeté à Junctin Ampton ; enfin, l'arme du crime.

— Surprenante révélation ! Nommez-la donc.

— La bande de tissu doré que vous conservez comme une relique ; elle symbolise votre premier succès et vous a servi à lever cet obstacle qui risquait de contrarier votre ascension.

— Si je comprends bien, il ne me reste plus qu'à avouer.

— Vous nous obligeriez.

— Je n'ai pas l'habitude de mentir ; puisque je suis innocent, que pourrais-je avouer ?

Scott Marlow espérait une contre-attaque de Higgins ; mais l'ex-inspecteur-chef referma son carnet noir et le mit dans la poche de son blazer.

— Je ne suis parvenu à établir qu'une vérité, avoua-t-il, mais non à découvrir l'assassin de Junctin Ampton. Demain, je serai ici toute la journée ; si l'un de vous désire me parler, qu'il n'hésite pas.

— Nous en avons fini, je suppose ? demanda le grand couturier, ironique.

— Vous êtes libre, M. Link.

Jack Walks fut le premier à se précipiter vers la porte du bureau.

— Un instant, exigea Higgins ; j'ai omis un détail important.

Tous les regards convergèrent vers l'ex-inspecteur-chef.

— Junctin Ampton redoutait un drame, révéla-t-il ;

peut-être craignait-il pour sa vie. Comme il s'intéressait davantage à autrui qu'à lui-même, il a légué un ultime message qui vous concerne.

— Nous ? s'étonna Dorritt Hawkhurst.

— L'astrologue a prédit un deuxième crime.

— A-t-il donné le nom de la victime ? s'enquit Montfort Leamington.

— Hélas ! non. Au terme de cette enquête, je l'ignore, moi aussi. Je ne dispose que d'une seule certitude : il s'agit de l'un d'entre vous.

CHAPITRE XXXIV

Higgins et Marlow dînèrent dans l'une des plus anciennes tavernes de Londres, *Ye Olde Cheshire Cheese*, dans Fleet Street, construite en 1677 ; l'atmosphère n'avait guère été renouvelée depuis cette époque, pas davantage que les tables en chêne, la petite cheminée et les murs noircis par des générations de fumeurs de pipe. Le confort et la modernité n'avaient pas réussi à pénétrer dans ce modeste local où, disait la légende, Samuel Johnson avait rédigé son *Dictionnaire* en mangeant des biscuits et en buvant des chopes de bière brune.

Des tableaux représentant notables et artistes des siècles passés accentuaient le caractère historique du pub, faiblement éclairé par de petites lanternes accrochées à un bras en bois fixé dans le mur ; sur le plancher, en bois brut, les serveurs répandaient de la sciure.

Les deux policiers avaient choisi une table d'angle, près de la cheminée. *Apple pie*, côtes d'agneau grillées et bière brune étaient au menu.

— Désespérant, jugea Marlow.

— Je ne suis pas loin de partager votre point de vue, avoua Higgins.

— Dois-je maintenir mon dispositif de surveillance ?

— Je pense que oui ; il nous reste une journée.

— Vous leur avez tendu un piège... mais sera-t-il efficace ?

— Il faut que l'assassin bouge, superintendant ; tuer à distance, en se cloîtrant chez soi, paraît difficile à réaliser.

Marlow reprit espoir.

— De ce point de vue, tout n'est pas perdu.

— Faites doubler la surveillance autour de Balthazar Link.

— Pourquoi ?

— Parce que cette affaire se situe dans un contexte astrologique ; *Sunday*, dimanche, c'est le jour du soleil.

— Assassin ou victime ?

Higgins ne répondit pas, songeur.

— L'indication n'est-elle pas simpliste ? s'interrogea Marlow.

— En apparence, oui ; mais n'oubliez pas que l'assassin ignorait l'existence de cette pendule et du message de Junctin Ampton. Or ce dernier devait transmettre une indication simple et explicite.

— Je commence à en douter, Higgins.

— Pourquoi, mon cher Marlow ?

— Parce que le principal indice qu'il nous a offert ne correspond à rien.

— Vous évoquez l'ascendant Sagittaire ?

— Bien sûr ; songez que ce trait sur un zodiaque fut

son dernier geste. À mon avis, il faut revenir à ce point de départ.

— Confidence pour confidence, je ne l'ai jamais perdu de vue.

— Comment l'utiliser ?

— À quoi songez-vous, superintendant ?

— À une erreur.

— Sa main aurait-elle glissé ?

— Un homme qu'on étrangle et qui se sent mourir ne contrôle plus ses gestes ; quels sont les signes situés de part et d'autre du Sagittaire ?

— Le Scorpion et le Capricorne.

— Avons-nous un ascendant Scorpion ?

— Anthony Weeks.

— Et un ascendant Capricorne ?

— Jack Walks.

— Ne pensez-vous pas qu'il faudrait creuser dans cette direction ?

— Astucieux, reconnut Higgins, au moment où on leur servait une troisième pinte de bière brune et quelques gâteaux secs.

— Weeks est un être brutal et passionné, indiqua Marlow ; si quelqu'un a pu tuer au cours d'un accès de colère, c'est bien lui.

— Ne vous a-t-il pas paru sincère, lorsqu'il niait ?

— Nous avons connu tant d'excellents comédiens, vous et moi.

— Ils possédaient un certain profil, objecta Higgins ; celui d'Anthony Weeks ne correspond guère.

— Eh bien, prenez le journaliste ! Voleur, menteur, dissimulateur, ce Walks n'a-t-il pas, lui, un profil d'assassin ? S'il a été surpris, lors d'un de ses larcins, il a préféré tuer plutôt que d'être arrêté. Il a une peur panique de la prison.

— Le personnage est peu recommandable, je vous l'accorde.

— Link, Weeks, Walks, ne tenons-nous pas trois suspects plus sérieux que les quatre autres ? Voyez-vous vraiment Sir Henry, ce vieil aristocrate glacé, ou Montfort Leamington, si soucieux de sa fortune et de sa respectabilité, commettre un meurtre ? Et je refuse d'imaginer une femme étranglant un vieillard avec une ceinture ou un bas.

Higgins buvait à petites gorgées.

— Une journée... Il nous reste une journée. Celui ou celle qui a supprimé l'astrologue devait aussi, d'après l'indice laissé par Junctin Ampton, éliminer un autre membre de la confrérie. Pourquoi ?

— Parce qu'il menaçait de le dénoncer ou de parler.

— Donc, quelqu'un de fragile, et qui possédait une preuve.

— Ou bien qui aurait assisté au meurtre et n'aurait pas encore osé parler.

— Cela se tient, mon cher Marlow ; mais pourquoi dimanche, à huit heures trente ? C'est un curieux jour et une curieuse heure pour un rendez-vous.

— Sauf si l'on est très intime.

— Anthony Weeks et Dorritt Hawkhurst, par exemple ?

— De nouveau notre athlète, nota Marlow ; s'il tente une agression, nous l'intercepterons et nous le ferons parler. Comme nous n'avons révélé ni le jour ni l'heure, l'assassin ignore que nous les connaissons.

— Comment Junctin Ampton les connaissait-il, lui ?

— L'assassin les lui avait révélés, avança Marlow. Avant de le tuer, il s'était vanté de son plan ; la vanité : un défaut qui perd beaucoup de criminels.

— Mais Ampton n'aurait pas eu le temps de préparer la pendule et de la cacher.

— Objection gênante, admit Marlow.

Le *Ye Olde Cheshire Cheese* commençait à se vider.

— Nous sommes dans une impasse, Higgins.

— Une journée encore, superintendant ; rien n'est perdu.

— Et votre fameuse image ?

— Elle s'est éloignée.

— Aucune chance de la retrouver ?

— Le hasard décidera ; allons dormir, mon cher Marlow. Demain sera décisif.

Le superintendant but une dernière gorgée.

— Je n'ai pas le droit d'échouer, Higgins.

— J'en suis conscient ; nous nous battrons jusqu'à la dernière minute. Je vais dormir chez l'astrologue ; les visites commenceront peut-être de bonne heure.

CHAPITRE XXXV

Higgins erra dans le bureau de Junctin Ampton.

N'avait-il pas oublié un indice si évident qu'il ne le voyait pas, dans cette pièce aussi belle que surprenante ? Il réexamina les planisphères, le bureau et la bibliothèque, puis leva les yeux vers le plafond en forme de dôme où régnaient zodiaque, planètes et constellations.

Comment ne pas songer à l'évocation de J.B. Harrenlittlewoodrof, dans son *Ode au cosmos :*

Ciel lointain à jamais éloigné,
Vertige ténébreux aux routes infinies,
Quelle étoile te guide
Vers mon regard perdu ?

L'ex-inspecteur-chef actionna le mécanisme qui lui permettait de faire circuler les planètes, ces organismes infatigables, obéissant à une harmonie que nul cerveau humain ne pourrait jamais comprendre. Il fit bouger Soleil, Lune, Mercure, Vénus, Mars, Jupiter et Saturne, le septénaire traditionnel, avec l'espoir que l'éternel mouvement des astres lui ouvrirait l'esprit. Fût-il une étoile et fût-elle simple satellite, Soleil et Lune n'étaient pas exclus de la confrérie cosmique.

Mais le ciel demeura énigmatique.

***

La salle de bains de l'astrologue était décorée de carreaux de faïence de Delft représentant les signes du zodiaque ; décidément, Junctin Ampton n'avait vécu que pour son art dont il imprégnait chaque instant de son existence.

Après les ablutions matinales qui succédaient à une très courte nuit passée à réfléchir en vain, Higgins vainquit la fatigue en s'aspergeant de l'eau de toilette *Jubilee Bouquet*, de Penhaligon's ; créée pour le couronnement de Sa Majesté Élisabeth II, elle répandait une odeur de feuilles de noyer, caractéristique du moment où on les froisse entre les doigts.

L'ex-inspecteur-chef lissa sa moustache poivre et sel avec le lissoir en nacre que lui avait offert une vieille et émouvante admiratrice ; dans une glace, il vérifia le pli de son pantalon de flanelle anthracite de chez Trouser's, l'ajustement de son nœud papillon à pois rouges et la coupe de sa veste bleu nuit due au talent de son tailleur personnel œuvrant chez Stovel et Mason.

Correction, maintien et refus de la vulgarité étaient trois commandements de la religion de Higgins ; en respectant sa mise, il respectait autrui et lui prêtait davantage d'attention tout en restant lui-même. La négligence était le début de la barbarie.

Non sans émotion, Higgins s'assit dans le fauteuil de Junctin Ampton.

Pendant de longues minutes, il ferma les yeux, persuadé qu'il recueillerait des sensations appartenant à l'astrologue assassiné, comme si son âme continuait à vibrer dans la vaste pièce. Sa longue méditation lui procura une certitude : Junctin Ampton n'avait été ni un maître chanteur, ni un manipulateur. Ceux qui avaient tenté de souiller sa mémoire se trompaient ou mentaient.

La sonnette résonna à neuf heures dix ; l'ex-inspecteur-chef alla ouvrir.

Elle avait choisi un corsage violet, une jupe vert sombre et des ballerines blanches.

— Mademoiselle Halmond... Donnez-vous la peine d'entrer.

— Je n'ai pas eu le temps de me coiffer.

— Vous êtes quand même ravissante.

Elle marcha derrière Higgins, comme une petite fille soumise.

Il lui proposa une chaise, et s'assit à la place de l'astrologue.

— Vous m'impressionnez, inspecteur ; c'est Junctin Ampton qui me regardait ainsi.

— Croyez à ma bienveillance.

— Elle se mêle à une certaine sévérité. Vous êtes à la fois rigoureux et miséricordieux, implacable et indulgent.

— Vous me prêtez trop de qualités, mademoiselle.

— Je suis persuadée que vous avez beaucoup pratiqué l'astrologie, inspecteur.

— C'est trop dire ; disons que j'en ai beaucoup entendu parler et que sa symbolique ne m'est pas étrangère.

— Notre petit club ne vous paraît donc pas aberrant.

— Au contraire ; l'idée de Junctin Ampton était fort passionnante.

— Nous sommes tous des individualistes forcenés ; lorsqu'il nous a choisi, il a éprouvé la crainte de voir son projet échouer ; la première rencontre fut assez éprouvante. Nous ne nous connaissions pas et n'avions guère envie de nous lier d'amitié.

— Qui a fait le premier pas ?

— Dorritt Hawkhurst. Elle a su détendre l'atmosphère, en empêchant Anthony Weeks et Montfort Leamington d'en venir aux poings.

— Pour quelle raison ?

— La suprématie. Finalement, pour les départager, nous avons choisi Sir Henry comme premier président. Son âge et ses quartiers de noblesse plaidaient en sa faveur ; on ne saurait affirmer qu'il accepta d'enthousiasme ! Junctin Ampton dut beaucoup insister pour qu'il sorte de sa forêt et de sa campagne pour diriger nos réunions. Si l'astrologue n'était pas intervenu, aucun de nous n'aurait réussi à convaincre un tel saturnien !

— Il vouait donc une réelle affection à Junctin Ampton.

— Sans qu'on la remarque, bien entendu ; parler de sentiments à Sir Henry eût été insultant. Il a fini par se prendre au jeu, lui aussi ; sept personnalités aussi marquées et aussi différentes formaient un cercle à nul autre pareil. Nos rencontres étaient extraordinairement enrichissantes ; nous découvrions des univers différents, régis par d'autres lois et d'autres exigences. Grâce à Sir Henry, nous nous approfondissions.

— Regretteriez-vous sa présidence ?

— Elle était très austère, j'en conviens ; Montfort Leamington apporte de la joie de vivre et de l'humanité.

— Sans compter le projet asiatique.

— Vous en avez démonté les rouages.

— Ne le condamnez-vous pas ?

— Il était un peu malhonnête, c'est vrai, mais à qui aurait-il nui, en définitive ? Un membre de la famille royale aurait vécu une année un peu difficile, voilà tout.

— Si la reine a de la fièvre, mademoiselle, c'est toute l'Angleterre qui est malade.

Linda Halmond parut soudain très triste.

— Le ciel s'est déjà montré si cruel, inspecteur ; pourquoi la mort doit-elle encore frapper ?

Elle avait prononcé ces derniers mots dans un murmure.

— La menace que vous évoquiez était-elle une invention ou une réelle prédiction de Junctin ?

— Je n'ai rien inventé, indiqua Higgins.

— C'est horrible... l'un de nous, un assassin ! Un assassin qui a déjà frappé et frappera encore...

— Qui soupçonnez-vous, mademoiselle ?

Une ride barra le front enfantin ; Linda Halmond se leva et tourna le dos à Higgins.

— Si vous ne parlez pas, mademoiselle, vous serez complice d'un crime.

— Je vous ai déjà tout dit, inspecteur ; comprenez-le, je vous en supplie !

La jeune femme s'enfuit en courant.

CHAPITRE XXXVI

L'étrange intervention de Linda Halmond avait contraint Higgins à relire une bonne partie de ses notes : des diverses hypothèses qui lui traversèrent l'esprit, il n'en retint aucune.

La sonnette retentit pour la deuxième fois, à onze heures dix.

— Bonjour, inspecteur.

Un mouvement gracieux des sourcils avait accompagné cette salutation ; un tailleur rouge, sobre et racé, mettait en valeur la chevelure noire de Dorritt Hawkhurst.

— Êtes-vous disposé à me recevoir ?

— Mon invitation était sérieuse.

— Avez-vous eu d'autres visiteurs ?

Higgins sourit.

— Vous savez bien que je ne peux vous répondre.

— Eh bien, entrons.

— Le bureau de Junctin Ampton vous convient-il ?

— À merveille ; j'y ai passé des heures exaltantes.

Higgins s'assit de nouveau dans le fauteuil de

l'astrologue ; la belle décoratrice s'adossa à la bibliothèque.

— Prendriez-vous la succession du défunt, inspecteur ?

— J'en suis incapable.

— Dommage... vous êtes mieux habillé que Junctin et beaucoup plus séduisant.

— Il me manque l'essentiel : son génie astrologique.

— Avoir connu un tel homme ne s'oublie pas, il est vrai ; par moments, je veux croire qu'aucun des membres de notre club ne l'a assassiné.

— Tenteriez-vous de m'adresser un message, mademoiselle ?

— Non, inspecteur ; je suis aussi perdue que vous et affreusement inquiète. Vous avez bien annoncé un autre meurtre ?

— Junctin Ampton l'a fait, et il se trompait rarement.

— Nous sommes donc tous en danger !

— À l'exception de l'assassin.

— Ce n'est pas possible.

— Pourquoi donc ?

Dorritt Hawkhurst se mordilla les lèvres, nerveuse.

— Je veux dire que je connaissais bien les membres de notre petit club et qu'aucun d'eux ne peut être le monstre que vous dépeignez. Supprimer Junctin, puis l'un de ses amis... faut-il être fou ?

— Ou folle, précisa Higgins.

— Puisque la douce Linda ne saurait être coupable, c'est donc moi que vous soupçonnez, avec une persévérance remarquable.

— Est-elle si douce qu'il y paraît ?

— Mais oui, inspecteur ; elle est ni dissimulatrice, ni comédienne.

— Un peu secrète, cependant ?

— N'est-ce pas le propre d'une femme sensible ?

— Sensible et observatrice.

— Et si vous vous aperceviez que l'assassin n'appartient pas au club ?

— Chercheriez-vous à protéger quelqu'un, mademoiselle ?

— Bien sûr que non ! J'aimerais vous faire percevoir que Junctin Ampton avait choisi des individus de qualité. Même si vous éprouvez une certaine hostilité vis-à-vis de Sir Henry, admettez qu'il incarne la tradition dont nous ne saurions nous priver. L'homme est rude, d'abord difficile, mais ferme sur ses positions ; n'est-ce pas un enseignement ?

L'ex-inspecteur-chef opina du chef.

— Bien qu'il ne s'entendît pas avec Montfort Leamington, Sir Henry lui a transmis le relais et tenu son rang. En dépit du projet que vous avez décrypté, Montfort est un homme généreux qui aimerait vraiment enrichir les membres de notre club. Le lui reprocher eût été injuste.

— Appréciez-vous également le vol commis par Jack Walks ?

— Une erreur de jeunesse : Jack a beaucoup de talent et deviendra un journaliste réputé. Vous ne pouvez le condamner à cause d'une imprudence et de quelques ennuis financiers.

— Il n'en va sans doute pas de même pour Anthony Weeks.

— Anthony... dit-elle d'une voix soudain rêveuse. Je souhaiterais à beaucoup de femmes de l'avoir pour amant. Il est invivable, c'est vrai, mais partager sa passion est une expérience inoubliable. Les heures de folie qu'il m'a offertes comptent parmi les plus belles de mon existence.

— Votre indulgence s'étend-elle à Balthazar Link ?

— À ses yeux, un crime serait forcément une faute de goût ; l'imaginez-vous une seconde serrer le cou de Junctin Ampton ?

— Si je vous racontais certains crimes, vous seriez très étonnée, mademoiselle ; le monde est plus cruel et plus inattendu que vous ne le supposez.

— Je n'y tiens pas, avoua-t-elle ; la mort me terrifie.

— Elle est parfois douce comme un retour d'exil.

— Inspecteur ! Je préfère ne pas poursuivre sur ce sujet. N'oubliez pas que nous sommes menacés. Vous devez nous sauver, me sauver...

Tendue et suppliante, Dorritt Hawkhurst s'approcha de Higgins qui, par convenance, s'était levé.

— Ne m'abandonnez pas, supplia-t-elle ; j'aimerais rester ici, à vos côtés.

— Je n'en serais pas fâché, mademoiselle, mais le déroulement de l'enquête m'interdit de vous répondre positivement.

Le regard de Dorritt Hawkhurst se durcit.

— Vous aurez peut-être ma mort sur la conscience !

— Que le ciel nous épargne, vous et moi.

La décoratrice sortit, furieuse.

Peur sincère, habile stratégie pour se dédouaner ou simple tentative de brouiller davantage les pistes ? Higgins laissa les questions en suspens, car le téléphone sonna.

— Ici Marlow, dit la voix enfiévrée du superintendant ; ça bouge !

CHAPITRE XXXVII

— La Rolls de Montfort Leamington vient de quitter Wood Street, révéla le superintendant. Ah, autre chose : Linda Halmond est montée dans une Rover. Je vous rappelle pour vous donner leur destination.

Higgins n'attendit pas longtemps.

Montfort Leamington était passé prendre Balthazar Link à son domicile, et la Rolls se dirigeait vers Mayfair, peut-être vers le domicile de l'astrologue. Les deux hommes venaient rendre visite à l'ex-inspecteur-chef ? Mais la voiture s'arrêta quelques instants afin de permettre à Dorritt Hawkhurst d'y monter, et s'écarta du quartier chic.

Marlow ajouta que Jack Walks sautait dans un taxi, et qu'Anthony Weeks enfourchait une moto.

— Des nouvelles de Sir Henry ? demanda Higgins.

— De son côté, rien à signaler ; mais on dirait que de grandes manœuvres ont débuté.

— Passez me prendre avec votre remarquable chauffeur ; je n'ai plus rien à faire ici.

Quand Marlow arriva, la destination des membres du club se précisait : le domaine de Langsam. Anthony

Weeks, roulant à vive allure, avait pris la tête ; suivaient la Rolls, la Rover et le taxi.

— Pourriez-vous rejoindre le taxi sans le dépasser et sans nous faire remarquer ? demanda Higgins au chauffeur.

— Sans problème, Sir ; ce sera une promenade de santé.

L'expression était un peu forcée, à moins que la santé ne consistât à être les hôtes d'un pilote de rallye qui menaçait de sortir de la route à chaque virage, et décollait avec entrain au moindre dos-d'âne.

Dès que le taxi fut en vue, la voiture du Yard ralentit et se tint à bonne distance de manière à ne pas être repérée. Quand il franchit le portail et disparut derrière les hauts murs de pierre grise, Higgins demanda au chauffeur de stopper.

— Les voilà tous réunis à Langsam, constata Marlow ; les membres du club sont solidaires, semble-t-il. Si nous pouvions entendre ce qu'ils disent !

— Essayons.

— Higgins ! Ne tentez pas quelque chose d'insensé.

— Rassurez-vous, mon cher Marlow ; ce léger brouillard devrait faciliter mon approche.

L'épaisse brume printanière qui recouvrait le sinistre domaine de Langsam facilita la tâche de l'ex-inspecteur-chef. Après avoir poussé le portail, il traversa le parc à petits pas, progressant de hêtre en hêtre. Les voitures étaient garées à l'extrémité de l'allée centrale, non loin du perron. La meilleure solution consistait à contourner la bâtisse en passant par les écuries.

Sur l'arrière donnait la cuisine où le vieux serviteur

épluchait des pommes de terre et des carottes ; Higgins se baissa, passa sous le rebord des fenêtres, et découvrit une porte vitrée donnant accès à un atelier. Il s'y glissa, se déplaça comme un chat, prit le pouls de la maison et colla son oreille au mur ; des bruits de voix étaient perceptibles.

L'atelier communiquait avec un bureau très austère, ressemblant à une cellule de moine et jouxtant la salle à manger où avaient pris place les sept membres du club astrologique. En tendant l'oreille, l'ex-inspecteur-chef ne perdrait pas un mot de la confrontation.

— Si j'ai exigé cette réunion d'urgence, déclara Montfort Leamington avec fermeté, c'est afin de résoudre par nous-mêmes le problème qui nous préoccupe tous. Puisque la police est incapable de découvrir l'assassin et de dissiper la menace, remplaçons-la !

— Vous ne devriez pas mésestimer l'inspecteur Higgins, suggéra Linda Halmond.

— À part des évidences, estima Balthazar Link, il n'a rien découvert.

— Son démontage de l'affaire asiatique est tout de même bien ennuyeux, se plaignit Dorritt Hawkhurst ; ce projet nous aurait rapporté beaucoup d'argent.

— Il ne s'agit plus d'argent, intervint Jack Walks, mais de vie et de mort ! Mes finances sont désastreuses, mais nous sommes à la merci d'un assassin, ne l'oubliez pas !

— Sans la désastreuse politique de Montfort Leamington, rappela Sir Henry, nous n'en serions pas là. Utiliser la famille royale comme facteur publicitaire... quelle vilenie !

— Le passé est le passé, intervint Anthony Weeks avec virulence ; Junctin Ampton est mort et nous n'allons pas le ressusciter ; ce qui compte, aujourd'hui, c'est de découvrir la bête sauvage qui veut continuer à tuer !

— Et si l'inspecteur Higgins avait inventé toute cette histoire ? avança le journaliste.

— Je suis sûre du contraire, objecta Dorritt Hawkhurst.

— Il reste peut-être un espoir, dit Linda Halmond : que l'assassin renonce à son projet.

— Sacrée bonne idée ! s'exclama Anthony Weeks.

— Quoi qu'il en soit, déclara Sir Henry, justice doit être rendue ; vous oubliez un peu trop facilement la mort tragique de Junctin Ampton.

— Personne ne l'oublie, rectifia Montfort Leamington ; sans lui, nos destinées seront aussi chaotiques que celle d'un quidam. Celui qui l'a tué est un sadique doublé d'un imbécile.

— Pas d'accord, intervint Jack Walks ; nous avons tous essayé de l'identifier et nous n'y sommes pas parvenus. Échec aussi pour l'inspecteur Higgins et le superintendant Marlow. Moi, je prétends que l'assassin est un génie du crime.

— Génie ou pas génie, se plaignit Dorritt Hawkhurst, il se trouve parmi nous !

— Calmez-vous, ma chère, recommanda Leamington ; pour le moment, nous sommes en sécurité. Nous pouvons d'ailleurs remercier Sir Henry pour son hospitalité.

— Nous n'allons quand même pas rester ici pendant

des semaines ! s'indigna Balthazar Link ; le cadre n'est pas désagréable, mais il est conforme à la personnalité de Sir Henry, et nous n'avons pas tous les mêmes goûts.

— À votre guise, dit l'aristocrate ; au premier étage, plusieurs chambres sont inoccupées.

— J'ai un match, demain matin, révéla Anthony Weeks.

— Moi, un rendez-vous professionnel dans un château, indiqua Dorritt Hawkhurst.

— Entendu, intervint Montfort Leamington, nous sommes tous très occupés ; mais si nous sommes morts, nous n'honorerons pas nos rendez-vous !

— Comment comptez-vous procéder ? demanda Walks.

Le silence répondit à cette question. On se regarda, on s'épia, on attendit que quelqu'un prît l'initiative.

— Si l'on promettait l'impunité ? proposa timidement Dorritt Hawkhurst.

— Stupide, jugea Sir Henry ; quelles garanties pouvons-nous offrir ?

— Un tueur est méfiant, renchérit Anthony Weeks ; pourquoi avouerait-il, alors qu'il a parfaitement réussi son coup ?

— Nous pouvons le payer pour acheter notre sécurité, proposa Montfort Leamington.

— Et s'il n'a pas besoin d'argent ? questionna Linda Halmond.

— Qui n'en a pas besoin, quelle que soit sa fortune ?

— Tout ceci est grotesque, intervint sèchement Balthazar Link. Ou bien l'assassin avoue de lui-même, ou bien nous n'avons plus qu'à rentrer chez nous.

— Et à vivre dans l'angoisse ?

La voix de Dorritt Hawkhurst tremblait.

— Mais pourquoi veut-il supprimer l'un de nous ? demanda Jack Walks.

— Pour le faire taire, suggéra Sir Henry ; quelqu'un doit en savoir trop.

— En ce cas, il l'aurait *déjà* fait, objecta Balthazar Link.

— La situation est désespérée, constata Linda Halmond ; nous n'avons plus qu'à prier le ciel.

CHAPITRE XXXVIII

Affalé sur la banquette arrière de la voiture de fonction, Scott Marlow semblait épuisé.

— Alors, Higgins ?

— Démarrons ; la réunion est terminée. Ses participants vont se disperser.

— Avez-vous recueilli une indication précieuse ?

— Je crains que non ; les membres du club espéraient identifier ensemble l'assassin, mais ce dernier ne s'est pas dévoilé.

— Nous avons reçu une nouvelle catastrophique par la radio : mon dispositif a été repéré.

— Un mouchard ?

— Comme d'habitude ! Le grand patron me cherche partout. Je vais lui faire savoir que je serai dans mon bureau lundi matin à la première heure. J'imagine déjà l'exécution !

— Si vous lui amenez l'assassin, vous ferez taire sa colère, d'autant plus que vous n'avez commis aucune faute administrative.

— On peut toujours rêver. En tout cas, impossible de maintenir surveillance et filatures ; du travail sans filet, Higgins, et un crime que nous sommes incapables d'empêcher.

⁂

Higgins faisait les quatre cents pas dans le bureau de l'astrologue. Sept suspects... et il ne pourrait en surveiller qu'un seul, voire deux avec l'aide de Scott Marlow, si ce dernier avait encore un peu de courage. Mais tabler sur le hasard rebutait l'ex-inspecteur-chef.

Obstiné, persuadé que la solution se trouvait sur le lieu du crime, il examina pour la dixième fois le bureau, les planisphères, la bibliothèque et leva les yeux vers le ciel que regardait chaque jour Junctin Ampton.

Il ne décela aucune cachette, aucun nouvel indice.

Dernière chance : le carnet noir. En usant de tout son pouvoir de concentration, Higgins s'attarda sur chaque observation, chaque attitude, chaque phrase qu'il avait enregistrées.

Soudain, l'une des déclarations de Linda Halmond, prononcée dans des circonstances curieuses, l'étonna : « N'exigez pas un mot de plus, ne cherchez pas à pénétrer des mystères inaccessibles à mon esprit de femme. »

La phrase était plutôt grandiloquente et inhabituelle ; elle sonnait comme une fausse note au beau milieu d'un concert. On aurait juré... mais oui, une citation ! Une citation extraite d'une des œuvres préférées de Higgins, et universellement célèbre, *La Flûte enchantée* de Mozart ; n'était-ce point l'héroïne de l'opéra,

Pamina, qui s'exprimait ainsi à la scène huit de l'acte II ?

La Flûte enchantée, Pamina, le mystère... Quel message Linda Halmond avait-elle tenté de transmettre ? Le regard de l'ex-inspecteur-chef se posa sur la flûte rituelle siamoise. Dès cet instant, le puzzle commença à se rassembler ; l'instrument de musique se mit à parler de la manière la plus explicite.

Ascendant Sagittaire... Non, la main de l'astrologue n'avait pas tremblé en traçant son dernier trait dans ce signe du zodiaque. Ce n'était pas l'assassin lui-même qu'il avait désigné, mais l'arme du crime dont l'importance devait être capitale pour comprendre l'ensemble du drame.

Qui était en rapport avec le monde du cheval ?

Ni Balthazar Link, ni Linda Halmond. En revanche Dorritt Hawkhurst possédait des gravures du XVIIIe siècle consacrées aux chevaux ; Jack Walks jouait aux courses ; Sir Henry s'occupait des écuries ; Anthony Weeks jouait au polo ; Montfort Leamington élevait des chevaux.

Et l'image revint, cette fameuse image qui aurait dû mettre Higgins immédiatement sur la voie, s'il avait pratiqué l'astrologie avec assiduité. L'ouvrage auquel il pensait figurait obligatoirement dans la bibliothèque de Junctin Ampton.

Il le découvrit, en effet, parmi les manuels un peu secondaires : la signification des trois cent soixante-cinq degrés du zodiaque d'après la Kabbale et les traditions chaldéennes. Il vérifia la symbolique correspondant au degré d'ascendant de chacun des suspects ;

son intuition fut confirmée de la manière la plus formelle.

Les paroles d'Anthony Weeks lui revinrent en mémoire ; il feuilleta son carnet afin de vérifier sa déclaration exacte.

Cette fois, tout était clair. Aucune incertitude possible, malgré la diversité de suspects, puisqu'il connaissait à présent l'arme du crime.

Restait à vérifier un ultime détail.

***

Scott Marlow, bien entendu, travaillait à Scotland Yard. Luttant contre la déprime, il dépouillait des dossiers.

— Higgins ? Vous avez vu l'heure ?

— Et vous, superintendant ?

— Je profite d'une dernière nuit dans mon bureau ; le grand patron est parti en week-end. Demain soir, j'irai me saouler dans un pub.

— Pour fêter la victoire, je suppose ?

— Pardon ?

— J'ai identifié l'assassin.

— Mais qui...

— Pas au téléphone. Pourriez-vous me donner le numéro personnel de Dorritt Hawkhurst ? Ensuite, nous mettrons au point notre stratégie.

***

Dorritt Hawkhurst se réveilla en sursaut ; le téléphone sonnait et le réveil marquait une heure du matin. Inquiète, elle décrocha le combiné.

— Inspecteur Higgins ?

— Désolé de vous importuner, mademoiselle, mais j'ai une question très importante à vous poser.

— N'aurait-elle pu attendre ?

— Le temps m'est compté.

— Je vous écoute.

— Avez-vous reçu, à votre domicile, certains membres du club ?

— Nous nous sommes tous réunis chez moi au début d'avril.

— Merci, mademoiselle ; pardonnez-moi encore.

***

Higgins s'accorda deux heures de demi-sommeil au cours desquelles il revit chacune des étapes de cette délicate affaire qui aurait pu se terminer par un effroyable drame. Tuer l'astrologue n'était que la première partie d'un plan qui avait failli réussir.

En quittant pour toujours la demeure de l'astrologue, Higgins n'oublia pas la flûte siamoise.

CHAPITRE XXXIX

L'assassin ne pouvait pas échouer.

À huit heures vingt-cinq, sa victime sortirait du château pour se rendre à l'écurie et voir le cheval qui porterait les couleurs de la famille royale dans un grand concours de saut d'obstacle, suivant la plus belle vente de charité de l'année.

Dès qu'elle apparaîtrait, l'assassin lâcherait le chien de combat qui sauterait à la gorge de Sa Majesté Élisabeth II et planterait ses crocs. Il faudrait le tuer pour qu'il lâche prise ; mort, il continuerait à serrer. Entraîné depuis un an, le chien serait impitoyable ; du bosquet d'où il contemplerait le spectacle, l'assassin n'y prendrait aucun plaisir. Il était obligé d'agir ainsi, sans avoir la moindre envie de verser le sang ; mais la reine avait trahi et devait périr pour que la monarchie survive.

Elle n'avait aucune possibilité d'échapper au destin qu'elle avait mérité, puisque la souveraine ne se méfierait pas de lui.

— Vous avez échoué, Sir Henry.

L'aristocrate tourna lentement la tête.

— Inspecteur Higgins... ça, je ne l'aurais jamais cru !

— Un homme vêtu d'un gilet gris et d'un pantalon rayé, coiffé d'un chapeau noir, qui tient par la bride un animal fougueux : c'est l'image qui correspond au sixième degré du Cancer, celui de votre ascendant, d'après le livre de la Kabbale. Cette image qui m'avait frappé dès notre première rencontre et que j'avais négligée.

— On n'est jamais assez savant.

— D'après ce livre, l'ascendant à six degrés du Cancer fait des êtres intelligents, cruels, qui s'engagent dans un combat sans tenir compte du rang de l'adversaire, en l'occurrence la reine d'Angleterre.

Le chien grogna et montra les crocs.

— Vous n'avez donc pas cru au complot, inspecteur.

— Pendant un certain temps, si. En réalité Junctin Ampton avait si profondément étudié votre thème astrologique qu'il y avait décelé des tendances criminelles ; en examinant celui de la reine, il avait fait la liaison et perça le danger : votre victime idéale !

— Junctin était un astrologue exceptionnel, mais aussi un voyant ; non seulement il avait décelé mes intentions, mais encore prévu la date et l'heure de l'exécution. Comme il avait vu clair dans mon jeu, je n'avais plus le choix. Je devais supprimer cet homme que j'estimais au plus haut point.

— Vous avez subtilisé votre thème et celui de vos six amis, n'est-ce pas ?

— Une manière de rendre plus difficile la tâche de la police.

— Ignoriez-vous l'existence de la pendule ?

— Malheureusement, oui.

— Junctin Ampton n'avait pas choisi cet objet par hasard ; la pendule est liée au temps, le temps à Saturne, Saturne est votre planète.

— Comment avez-vous compris ?

— Votre haine de Montfort Leamington s'explique par le goût de la coutume et de la rigueur, la volonté de conserver la grandeur de l'Angleterre ; seules les valeurs anciennes trouvent grâce à vos yeux. Or Sa Majesté, selon vous, est devenue trop mondaine. Ce sont les paroles d'Anthony Weeks qui m'ont alerté, lorsqu'il a parlé des garden-parties de la Couronne. Impossible, aviez-vous affirmé, de bâtir un empire sur des mondanités et des réceptions.

— Je le maintiens ; la faute est impardonnable. La reine s'est mise au niveau de la masse, alors qu'elle doit se situer au-dessus. Elle est saturnienne, comme moi, et doit rester isolée et silencieuse, loin du temporel et du quotidien. Trois garden-parties à la belle saison... Inutile et scandaleux.

— C'est pourquoi vous aviez choisi la plate-longe comme arme du crime, cette pièce de harnais qui empêche les chevaux de ruer et qui aurait stoppé la décadence ; vous l'avez utilisée pour supprimer l'astrologue qui avait démonté votre plan.

— Ce chien aurait été aussi efficace. La reine aime les animaux et ne s'en serait pas méfiée. De moi non plus, d'ailleurs, puisque je l'avais fidèlement servie.

— Deviez-vous aller jusqu'au meurtre ?

— Il fallait frapper un grand coup. Je me serais

rendu à Scotland Yard et aurais longuement expliqué ma position pour que la Couronne reprenne le chemin de la tradition. Hors d'elle, point de salut.

— Le bas de soie m'a posé un délicat problème, avoua Higgins.

— L'avez-vous résolu ?

— Votre club s'est réuni chez Dorritt Hawkhurst ; vous en avez profité pour lui voler un bas qui vous servirait de masque lorsque vous pénétreriez chez l'astrologue. C'était lui que vous vouliez supprimer, et personne d'autre ; comme vous ignoriez le jour de repos du domestique, qui variait, vous ne vouliez pas qu'il vous reconnaisse.

— Je l'aurais assommé, en effet, si je l'avais trouvé sur mon chemin.

— C'est son génie qui a tué Junctin Ampton, déplora Higgins ; sa vision était trop juste et trop profonde. Avoir réussi une pareille prédiction relève du prodige ; en liant votre thème astrologique et celui de Sa Majesté, il a enclenché le mécanisme de sa propre mort, car vous êtes impitoyable et inhumain, Sir Henry.

— Je sais, inspecteur ; cela suffit. Après moi, d'autres saturniens continueront cette lutte qui tordra le cou aux mondanités et à la frivolité. Vous avez réussi, mais au prix de votre vie.

Sir Henry Bridgewood lâcha le chien tueur qui se rua sur Higgins.

ÉPILOGUE

Scott Marlow avait reçu les très vives félicitations des hautes autorités du Yard ; Sir Henry Bridgewood, déclaré « malade mental » par les experts, passerait le reste de son existence dans un hôpital psychiatrique. Autre personnage couvert de gloire : le responsable de la sécurité de Buckingham qui, dans la nuit du samedi au dimanche, avait écouté et entendu les avertissements de Higgins et prévenu la reine du danger qu'elle courait. Aussi avait-elle quitté son château de Sandringham, où l'assassin comptait la faire passer de vie à trépas.

Higgins, Marlow et une dizaine d'inspecteurs fidèles au superintendant avaient repéré Sir Henry qui, en raison de ses fonctions officielles, pouvait circuler librement dans le domaine. La présence d'un chien n'avait intrigué personne et, lorsque l'ex-inspecteur-chef avait décidé de s'approcher de l'aristocrate, Marlow n'avait pas cru qu'il prenait un risque mortel.

L'ex-inspecteur-chef attendait Marlow devant l'entrée du Yard lorsque Linda Halmond l'aborda.

— Je voudrais m'excuser.

— Et moi vous remercier, mademoiselle ; sans votre flûte, je ne serais plus de ce monde. Le fait, en soi, ne serait pas d'une grande gravité, mais il m'aurait privé du privilège de vous rencontrer à nouveau.

— Que s'est-il passé ?

— D'ordinaire, je m'entends bien avec les chiens ; celui-là était plutôt féroce, et m'aurait plus ou moins dévoré si je n'avais réussi à coincer la flûte siamoise entre ses crocs. Comme il s'agissait d'os, même humain, sa bonne vieille nature a repris le dessus et il s'est acharné sur cette proie facile. Une flûte en os humain... encore une référence à Saturne, la planète qui régit le squelette, donc à Sir Henry.

— C'est précisément de cette flûte dont je voulais vous parler, dit-elle d'une petite voix émue.

— Vous vouliez m'éclairer sans trahir Sir Henry, n'est-ce pas ?

— Un peu... mais j'étais sûre qu'il n'arriverait plus rien de grave... En déposant cet instrument magique sur le bureau de Junctin, je conjurais le mauvais sort ; personne n'aurait pu vous faire du mal. Adieu, inspecteur, je pars en voyage.

Épanoui, Marlow apparut.

— Je ne vous ai pas encore assez remercié, Higgins.

— Entre amis, cela ne se fait pas.

— Désirez-vous que je vous raccompagne ?

— Ça ne sera pas nécessaire ; il me reste deux ou trois choses à faire.

— Cet astrologue, quand même... parvenir à prédire l'heure du crime ! On ne reverra jamais ça.

— Souhaitons-le.

— Pourriez-vous m'accorder une faveur, Higgins ? J'aimerais connaître votre ascendant.

— Ni Vierge, ni Balance ; pour le reste, je ne saurais en dire davantage. Mon thème astrologique est connu d'une seule personne.

Higgins murmura un nom à l'oreille de Marlow.

— Non ?

— Si.

— Mais enfin... vous ne croyez quand même pas à cette vieille superstition ?

— Bien sûr que non, superintendant. Méfiez-vous quand même : le mois prochain sera néfaste pour votre poids.

Scott Marlow regarda son collègue s'éloigner. Certes, le zodiaque gardait bien des mystères ; mais il en était un que le superintendant aurait bien voulu percer : qui était vraiment Higgins ?

Composé par Euronumérique 92120 Montrouge
et achevé d'imprimer en juin 1995
sur les presses de la Société Nouvelle Firmin-Didot
à Mesnil-sur-l'Estrée (Eure)

\- N° d'imprimeur : 31088 -
\- N° d'éditeur : DSY 23 -
Dépôt légal : juin 1995

Imprimé en France